FUSION FANTASTIC STORY

박선우 장편소설

스크린의 별 ㅁ

박선우 장편소설

초판 1쇄 찍은 날 § 2018년 4월 9일
초판 1쇄 펴낸 날 § 2018년 4월 16일

지은이 § 박선우
펴낸이 § 서경석

총괄팀장 § 최하나
편집책임 § 이지연

펴낸곳 § 도서출판 청어람
등록번호 § 제387-1999-000006호
등록일자 § 1999. 5. 31
어람번호 § 제1-2881호

주소 § 경기도 부천시 부일로 483번길 40 서경B/D 3F (우) 14640
전화 § 032-656-4452 팩스 § 032-656-4453
http://www.chungeoram.com
E-mail § chungeorambook@daum.net

ISBN 979-11-04-91704-2 04810
ISBN 979-11-04-91447-8 (세트)

스크린의 별

FUSION FANTASTIC STORY

박선우 장편소설

9
[완결]

도서출판 청어람

CONTENTS

제55장
너의 의미 I

서현탁은 잠든 강도영을 멍하니 바라보았다.

미리 계획하고 있었던 건 아니었다.

멀리 있던 강도영이 술에 취해 횡설수설하는 걸 보면서 갑자기 자신의 궁금증을 해결하고 싶다는 생각이 들었을 뿐이다.

어릴 때부터 같이 자라온 강도영은 상당한 주량을 가지고 있었으나 어느 때부터인가 점점 쉽게 취하기 시작했다.

그리고 최근 들어서는 신은서와 헤어졌다는 날을 빼고는 술 마시는 걸 본 적도 없었다.

그런 놈이 어쩐 일인지 오늘은 작정한 것처럼 과음을 했다.

자신도 많이 마셨지만 두주불사란 별명을 가졌으니 정신은 새파랗게 살아 있었다.

이번이 좋은 기회였다.

강도영의 고집스러운 성격상 정신이 말짱한 상태에서는 절대 신은서와 이별한 이유를 말하지 않을 것이다.

어느 순간부터 말하지 않았지만 두 사람의 이별은 옆에서 지켜보는 그로서도 당황스럽고 힘든 일이었다.

무려 6년을 사귀어온 사이다.

그것도 텔레비전에서 공개 청혼을 할 정도로 강도영은 그녀를 사랑하고 있었다.

어떤 이유일까.

세상에서 가장 친하다는 자신에게까지 이야기를 하지 않는 걸 보면 그가 상상한 것보다 훨씬 커다란 이유가 있는 게 분명했다.

사랑하는 여자와 헤어진 후 힘들어하는 친구를 바라보며 도움이 되지 못하는 자신이 너무나 한심했다.

이유라도 안다면 어떻게든 해결해 보겠지만 강도영은 굳게 입을 다문 채 어떤 말도 해주지 않았다.

그리움.

누군가를 그리워하는 사람의 모습은 얼굴에서, 시선에서, 행동에서 그대로 나타나는 법이다.

강도영의 그리움은 너무 깊고 슬퍼, 놈이 혼자 있을 때마다 안개처럼 그의 몸을 감싸고 돌아 그를 마음 아프게 만들었다.

다행스럽게 놈은 자신의 질문에 대답하기 시작했다. 그만큼 놈은 술에 잔뜩 취해 있었다.

놈의 입이 열리는 순간 긴장으로 인해 손이 축축하게 젖어 왔다.

하지만 놈의 말을 모두 들은 후에는 몸이 벌벌 떨려 아무것도 할 수 없었다.

아파서 헤어졌고 자신이 얼마 살지 못한다는 말을 하면서 놈은 술 취한 상태에서도 눈물방울을 떨어뜨렸다.

더 묻고 싶었으나 놈은 눈을 감은 후 더 이상 뜨지 않았다.

침대에 친구를 눕히고 의자에 앉아 하염없이 강도영의 얼굴을 바라보았다.

목이 완쾌되어 노래를 할 수 있게 되었을 때 봄 햇살처럼 활짝 웃던 놈의 모습을 아직도 생생하게 기억하고 있었다.

그런데 아프단다. 어디가?

곰곰이 생각해 보자 최근 들어 강도영은 이번까지 3번이

나 병원에 다녀왔다.

병원에서 의사의 처방은 분명 감기였다.

자신이 동행하지 않은 건 촬영 때문에 두 번째 아팠을 때뿐이었다.

그때 놈은 종합검진을 받는다고 했었다.

결과가 어땠냐고 물었을 때 강도영은 아무렇지 않은 듯 건강하다는 말만 거듭했다.

그래, 그때다.

놈은 그때 이후로 이상한 징조를 보이더니 신은서와 헤어졌다.

그렇다면 건강검진에서 치명적인 문제가 발견된 게 분명했다.

그토록 좋아하면서, 사무치는 그리움으로 힘들어하면서도 냉정하게 신은서와 이별을 한 것은 그만큼 발견된 병이 치명적이란 뜻이었다.

이제야 이해가 된다.

강도영은 혼자 슬픔을 끌어안는 성격이었으니 그녀의 행복을 위해 이별을 선택한 게 분명했다.

"이 바보 같은 자식아……."

얼마나 힘들었을까.

죽어간다는 사실을 아무에게도 말하지 않고 묵묵하게 혼

자 견뎌야 했을 테니 그 외로움이 얼마나 사무쳤을까.

끄끅… 이 미친 새끼.

눈물이 또르륵 얼굴을 타고 흘러내렸다.

강도영이 자신에게까지 말을 하지 않은 것은 힘들어하고 고통스러워하는 자신의 모습을 보고 싶지 않았기 때문일 것이다.

"도영아, 이 새끼야. 도대체 어떤 병이냐… 내가, 널 그냥 둘 것 같아. 무슨 수를 쓰던 고쳐줄게. 이 자식아, 약속했잖아. 나중에… 아주 나중에 우리 늙어서 더 이상 사는 게 힘들 때 같이 죽자고. 크윽, 도영아!"

다음 날, 아침.

강도영은 10시가 넘어서 겨우 눈을 떴다.

얼마나 마셨는지 눈을 떴어도 한동안 정신이 멍했다.

손을 내밀어 더듬거려서 물을 찾은 후 컵에 따라 단숨에 들이켜자 서서히 정신이 돌아왔다.

너무 마셨다.

몸이 아프다는 걸 안 이후로 가급적 술을 마시지 않았지만 어제는 분위기에 휩쓸려 폭음을 하고 말았다.

그녀 때문이다.

술이 몇 잔 들어가자 그녀가 나타나 자꾸 그를 찾았다.

아직도 그녀의 슬픈 눈망울이 잊히지 않는다. 그를 부르던 목소리. 마치 환청처럼 귀에 틀어박혀 그녀가 보고 싶을 때마다 울려 나오는 그녀의 목소리는 여지없이 이성을 마비시키며 그를 그리움에 젖게 만들었다.

천천히 상체를 일으켜 세우고 눈을 돌리자 이제는 익숙한 자신의 방이 보였다.

기억이 나지 않는 걸 보니 술에 취한 자신을 누군가가 방으로 데려와 재웠던 모양이다.

밝게 비추는 햇살.

이제 내일이면 이곳을 떠나 그녀가 있는 서울로 돌아간다.

더욱 고통이 커지겠지. 화면에서, 기사에서 그녀의 모습을 보게 될 테니까.

다행스럽게 그녀는 유태희의 어깨를 감싸고 다정스럽게 걸어가는 모습을 본 이후로 아무런 연락조차 하지 않았다.

침대에서 일어나다가 깜짝 놀란 강도영이 움직임을 멈췄다.

서현탁이 바닥에 누워 새우처럼 몸을 웅크린 채 잠들어 있었기 때문이다.

한동안 그의 모습을 바라보다 이불을 가져다 덮어주었다.

어제 자신을 데려온 것은 매니저가 아니라 서현탁인 모양이었다.

이불을 덮어주고 샤워를 한 후 양치질까지 끝낸 강도영이 화장실에서 나오자 어느새 눈을 뜬 서현탁이 그를 째려보고 있었다.

"너 나를 아주 삶아 먹으려고 작정했냐. 이 자식아, 이 더운 나라에서 이불을 덮어놓으면 어떡해!"

"얼씨구, 아침부터 소리 지르는 거 보니까 살 만한 모양이지?"

"죽었던 건 너였는데 무슨 봉창 두드리는 소릴 하고 있어. 죽었던 놈이 살아나더니 때 빼고 광냈구만. 언제 일어났냐?"

"아까. 네가 나 데려다놨니?"

"당연하지. 아주 얼마나 마셨던지 시체가 되었더구만. 무슨 술을 그렇게 마셔, 몸도 성치 않은 놈이."

"내 몸이 어때서?"

강도영이 반문하자 서현탁이 움찔하다가 오히려 더 크게 소릴 질렀다.

"맨날 비실비실대잖아. 뻑 하면 감기에 걸리고. 이 더운 나라에서 감기 걸린 놈은 너밖에 없을 거다."

"크크크… 현탁아, 해장하러 가자."

"밥 먹자고?"

"국물 마시면 속이 좀 풀리지 않겠냐. 어디 얼큰한 거 먹을 데 없을까?"

"그렇다면 뜨끈한 칼국수 후루룩 먹는 게 최고지. 어때?"

"좋아, 얼른 먹고 짐이나 싸자. 이제 돌아가야 되잖아."

＊　　　　　＊　　　　　＊

서현탁은 강도영이 매니저와 함께 본가로 돌아가는 것을 확인한 후 가족들과 함께 차를 탔다.

정인화는 오랜만에 돌아온 남편을 보면서 눈물을 글썽거렸다.

이제 제법 말을 하는 딸아이를 안으려 했으나 워낙 오랜만에 봐서 그런가 자꾸 가슴을 벗어나려 했다.

집으로 돌아오는 내내 정인화가 조잘거리며 말을 붙였지만 서현탁은 다른 생각을 하느라 그녀의 질문에 대답을 하지 못했다.

"자기야, 무슨 생각을 그렇게 해. 걱정거리 있어?"

"아니……."

"말해, 내가 당신을 몰라? 무슨 일이야. 촬영하면서 안 좋은 일이라도 있었어?"

"인화 씨, 오늘 내가 급히 가볼 데가 있어. 그러니까 먼저 집에 들어가 있었으면 좋겠다."

"6개월 만에 돌아왔는데 어딜 간다는 거야?"

"정말 급한 일이야. 내가 갔다 와서 나중에 말해줄게."

"…알았어."

워낙 심각한 표정이었기 때문인지 남편을 한참 동안 바라보던 정인화가 순순히 고개를 끄덕였다.

결혼한 후 지금까지 서현탁은 그녀를 실망시킨 적이 없었다.

남편을 믿었고 남편이 어떤 사람인지 너무나 잘 알기 때문에 이번에도 충분한 이유가 있을 거라 생각했다.

정인화와 딸을 아파트에 내려준 서현탁은 차를 몰고 급하게 S대 병원으로 갔다.

강도영이 잠들어 있는 동안 서현탁은 그의 핸드폰을 샅샅이 훑었다.

친구라도 그러면 안 된다는 것을 알지만 반드시 확인해야 했다.

놈에게 물어봤자 절대 이야기하지 않을 테니 자신의 두 눈으로, 두 귀로 놈의 상태에 대해서 똑똑히 물어봐야 했다.

놈의 핸드폰을 검색한 지 불과 5분도 지나지 않아 S대 병원의 김홍순 박사가 튀어나왔다.

강도영은 그와 수시로 전화를 했는데 문자메시지도 여러 개가 나왔다.

문자메시지의 내용을 보면서 흘러나오는 신음을 계속 억눌

러야 했다.

강도영이 아팠다는 내용의 문자메시지를 보내자 김홍순 박사에게서 상태가 더욱 악화되는 증상일지 모른다며 걱정하는 답신이었는데 치료법을 찾기 위해 최선을 다하고 있다는 내용도 포함되어 있었다.

S대 병원에 들어서서 곧장 김홍순 박사의 집무실을 확인하고 11층으로 올라갔다.

미리 약속한 게 아니었기 때문에 비서가 난색을 표하며 그의 방문을 가로막았으나 서현탁은 간절한 음성으로 김홍순 박사를 꼭 만나야 한다는 말을 거듭했다.

김홍순 박사는 부원장이었기 때문에 일반인들을 치료하지 않았지만 병원 행정과 학회 일로 스케줄이 꽉 차 있는 사람이었다.

비서는 서현탁을 알아봤다.

슈퍼스타는 아니었지만 서현탁은 드라마와 영화에 출연하면서 꽤 얼굴이 알려졌기 때문에 비서는 난색을 표하면서도 냉정하게 거절하지 못했다.

그녀는 서현탁의 간절한 음성에서 반드시 만나야 할 이유가 있다는 걸 느낀 게 분명했다.

"그럼, 지금 손님을 만나고 계시니까 잠깐만 기다리세요. 손님 나오시면 제가 물어볼게요."

"고맙습니다."

서현탁이 그녀에게 인사를 하고 접견용 대기 의자에 앉았다.

초조했다.

기다리는 시간이 하염없이 길게 느껴졌고 김홍순 박사의 입에서 나올 말이 두려워 온몸에서 소름이 돋아났다.

이윽고 집무실에 있던 손님이 나오자 비서가 급하게 부원장실로 들어가는 게 보였다.

그녀가 나온 건 그리 오래 걸리지 않았다.

"부원장님이 들어오시래요."

"아… 고마워요."

비서에게 인사를 하고 집무실로 들어서자 60대로 보이는 노신사가 자리에서 일어나 마주 다가오는 게 보였다.

서현탁은 다가오는 그를 향해 정중하게 고개를 숙인 후 인사를 했다.

"안녕하세요, 박사님. 서현탁입니다."

"알고 있어요. 화면에서 많이 봤거든요. 그런데 갑자기 저를 찾아오신 이유가……."

"도영이 때문에 왔습니다."

"강도영 씨 말인가요?"

"그렇습니다."

"강도영 씨가 왜요?"

김홍순 박사가 잠깐 흠칫했지만 곧 안색을 회복한 후 딴청을 부렸다.

마치 자신은 강도영과 아무런 상관이 없다는 듯 그는 오히려 서현탁을 향해 영문을 모르겠다는 표정을 지었다.

하지만 서현탁은 그의 얼굴을 보면서 처연한 음성으로 말을 이어나갔다.

"박사님, 도영이는 제가 가장 사랑하는 친굽니다. 목숨을 줄 정도로 말입니다. 도영이가 아프다는 걸 알고 왔어요. 놈은 자신이 곧 죽을지 모른다는 불치병에 걸렸다고 하더군요."

"현탁 씨한테 도영 씨가 말했단 말입니까?"

"그렇습니다. 저와 모든 걸 공유하는 사이니까요. 도영이와 여러 번 통화했고 문자메시지까지 주고받았다는 걸 알고 있습니다. 제가 박사님을 찾아온 건 정확한 병명이 뭔지 알고 싶었기 때문입니다."

"음……."

김홍순 박사가 깊은 침음성을 흘렸다.

강도영의 부탁으로 인해 그 누구에게도 말한 적이 없었고 그를 진찰했던 다른 의사들도 입을 굳게 닫았기 때문에 비밀이 새어 나가지 않았다.

그런데 불쑥 서현탁이 찾아와 강도영의 상태에 대해서 말하자 더 이상 발뺌하기가 곤란했다.

서현탁은 강도영이 불치병에 걸렸다는 것까지 알고 있었으니 이제 딴청을 부린다는 건 바보 같은 짓이었다.

"강도영 씨는 원인 모를 증상에 시달리고 있어요. 혹시 아는지 모르겠지만 인간에게는 DNA라는 게 있는데……."

김홍순 박사가 천천히 강도영의 상태에 대해서 말하기 시작한 후 서현탁은 미동도 하지 않고 그의 말을 들었다.

전문적인 의학 용어는 알아듣지 못했지만 결론만큼은 확실하게 알아들었다.

강도영은 언제 죽어도 이상하지 않을 만큼 상태가 좋지 않다는 것이었다.

더군다나 치료법이 없어서 치료조차 할 수 없다는 말을 들었을 때는 하늘이 노랗게 변했다.

의사가 병을 치료하지 못한단다. 국내 최고의 권위를 자랑하는 의사가 말이다.

의학계에 보고되지 않은 증상이었기에 최선을 다하고 있지만 치료법을 찾지 못했다는 그의 말을 듣자 온몸이 벌벌 떨려왔다.

이 노인네가 무슨 개소리를 하는 거야.

똑같은 내용을 반복하는 김홍순 박사의 얼굴을 바라보며 서현탁은 벌떡 일어나 멱살을 쥐고 싶었으나 이를 악물고 간신히 참았다.

자신도 모르게 눈물이 줄줄 새어 나오고 있었다.

도영이는 무려 8개월 동안 이런 개소리를 들으며 자신의 죽음을 더없는 외로움 속에서 기다리고 있었을 것이다.

방법이 없긴 왜 없어. 방법은 찾으라고 있는 거잖아, 이 영감탱이야!

*   *   *

강도영이 오랜 촬영 끝에 집으로 돌아오자 정영숙은 물론이고 강성두까지 일찍 일을 마친 채 집에서 기다렸다.

정영숙은 아들이 돌아온다는 소식에 아침부터 정신없이 움직여 음식을 준비하다가 강도영이 문을 열고 들어서자 맨발로 뛰어나왔다.

"도영아, 우리 아들 얼굴 잊어먹는 줄 알았어. 어디 보자. 힘들었니? 얼굴이 핼쑥해졌잖아."

"하하하, 타서 그런 거예요. 베트남이 더운 나라잖아요."

"그런가?"

"아버지는 아직 안 들어오셨죠?"

"그럴 리가 있니. 너 온다니까 일찍 들어오셨다. 하여간 아들 바보가 따로 없다니까."

정영숙의 말에 강도영이 빙그레 웃었다.

아들 바보 맞다.

아버지는 그가 어렸을 때 외모로 인해 고통을 겪을 때도 언제나 묵묵히 곁에서 그를 지켜주었고 믿음으로 기다려 준 분이었다.

엄마의 손을 붙잡고 강도영이 거실로 들어가자 안방 문이 열리며 강성두가 슬그머니 나타났다.

"왔냐?"

"예, 아버지."

"왜 빈손이야. 뭐 사온 거 없어?"

"뭘요?"

"인마, 외국 갔다오면서 빈손으로 오면 어떡해. 베트남 바나나라든가 비슷한 거라도 사와야지?"

"아이고, 아버지. 바나나는 국산이 더 맛있어요."

"이놈이 이젠 사기까지 치네."

"하하하… 사기라뇨. 정말입니다."

강도영이 유쾌하게 웃었다.

강성두는 평소에 말이 없다가도 그만 보면 이렇게 농담을 건네 와서 마음을 편하게 만들어준다.

"촬영은 잘했고?"

"예. 이제 마무리 촬영만 한 달 정도 하면 모두 끝날 거예요."

"베트남 덥지?"

"무지무지하게 더웠어요. 모기가 피를 얼마나 빨아대는지 피가 모자라서 빈혈까지 생겼다니까요."

"야, 강도영. 너 뻥이 조금 심하다고 생각하지 않냐?"

"뻥이 심해야 실감이 나죠."

"호호호… 그건 얘 말이 맞아요. 당신도 가끔가다 내가 안 믿으면 마구 허풍을 떨잖아."

두 사람이 대화하는 걸 지켜보던 정영숙이 나서면서 아들 편을 들어주었다.

그녀는 오랜만에 만난 부자가 농담을 주고받는 모습을 보며 행복한 미소를 숨기지 못하고 있었다.

"아들, 아직 밥 먹으려면 시간이 남았는데 우리 먼저 오랜만에 맥주 한잔할까?"

"좋죠."

강도영이 흔쾌히 고개를 끄덕이자 강성두가 아내를 향해 눈짓을 했다.

강성두는 술을 좋아하지 않았지만 유독 강도영이 집에 올 때면 같이 맥주 마시는 걸 즐겼다.

정영숙이 캔 맥주와 마른안주를 꺼내 와 그들 앞에 놓자 강성두가 시원하게 뚜껑을 따서 강도영에게 내밀었다.

"촬영하느라 고생했어. 내가 기사에서 보니까 이번 영화도 엄청 재밌겠더라."

"그럴 거예요."

"한잔하자."

"예."

강성두가 캔 맥주를 들어 강도영에게 부딪친 후 벌컥벌컥 마셨다.

그런 후 베트남에서 있었던 일들에 대해서 묻기 시작했다.

그의 질문은 다양했다.

베트남의 문화와 사람들, 특산 음식, 그리고 촬영하면서 생겼던 에피소드들에 대해서 묻고 강도영의 대답을 들었다.

강성두만 질문한 게 아니었다.

맥주를 가져다놓았을 때부터 정영숙은 두 사람 옆에 앉았는데 강도영이 말할 때마다 호기심에 가득 찬 얼굴로 귀를 쫑긋 세웠다.

강성두가 물끄러미 아들을 바라본 것은 베트남에 대한 화제가 거의 끝났을 때였다.

"공항에 마중도 못 나오게 하고 너무한 거 아니냐?"

"기자들하고 팬들 때문에 오시면 고생만 하잖아요. 그래서 못 오시게 한 거죠."

"그래도… 외롭잖아. 네가 가족이 없는 것도 아닌데……."

이 말을 하고 싶었기에 그렇게 뜸을 들였던 모양이다.

두 사람의 궁금증.

그것은 바로 신은서에 관한 것이었다.

강도영이 외국에 나갔다 올 때마다 공항으로 마중을 나간 것은 그들이 아니라 신은서였다.

그랬기에 안심하고 아들이 집에 돌아올 때까지 기다릴 수 있었다.

신은서와 헤어졌다는 말을 듣고 얼마나 커다란 충격을 받았는지 모른다.

그녀는 이미 그들에게는 며느리였기에 강도영으로부터 파혼했다는 이야기를 들었을 때 하늘이 노랗게 변할 정도로 놀랐다.

처음에는 충격 때문에, 그다음에는 강도영이 아파할까 봐 제대로 묻지 못했다.

왜 헤어졌는지에 대해서.

신은서가 미친 사람처럼 강도영을 찾아 헤매며 자신들을 찾아왔을 때 슬픔에 젖은 그녀를 달래기만 했을 뿐 끝내 헤어진 이유에 대해서 묻지 못했다.

그들이 더 가슴 아파 한 것은 어느 순간부터 신은서가 집으로 찾아오지 않았기 때문이다.

젊으니까 한순간 감정으로 싸울 수도 있고 헤어지겠다는 말도 내뱉을 수 있다.

진정으로 사랑한다면 그런 것은 한순간에 흘러가는 바람이라는 것을 잘 알기에 시간이 지나면 강도영과 신은서가 함께 웃는 얼굴로 다시 올 것이라 생각했다.

그런 시간이 흘러 8개월이 지났다.

희망은 낙망으로 변했고 아들은 여전히 신은서를 찾지 않았다.

알아야 했다. 부모로서 며느리라고 생각했던 아이와 왜 헤어졌는지 알아야 그녀를 마음속에서 떠날 보낼 수 있을 것 같았다.

"도영아, 내가 정말 궁금해서 그런다. 은서와는 아주 헤어진 거냐?"

"예."

"왜 그랬니. 그 착한 애를 왜?"

"죄송합니다, 아버지. 제 잘못이에요. 은서 씨는 아무런 잘못이 없었어요. 그저 제가 그녀를 더 이상 사랑하지 않았기 때문이에요."

"마음이 변했다는 거냐?"

"예."

"정말 은서는 아무런 잘못이 없었니?"

"예. 전부 제 탓입니다. 어쩔 수가 없었어요. 어쩔 수가……."

신은서는 한동안 죽음과 같은 고통과 외로움 속에서 절망
에 찬 나날들을 보내다가 영화사에서 강도영을 본 후 더 이
상 그를 찾지 않았다.

단순한 변심일 리 없다는 건 유태희를 만난 후 확신할 수
있었다.

유태희는 초췌해진 그녀가 찾아와 강도영과의 관계를 묻자
무슨 소리냐며 펄쩍 뛰었다.

기자와 영화배우 이상의 관계가 전혀 아니라는 것이었다.

손을 만진 것도, 포옹을 한 것도, 어깨에 팔을 두른 채 다
정하게 걸어갔던 것도 전부 강도영이 부탁했기 때문이다.

삼류 드라마에서나 나올 법한 이야기였다.

사귀었던 여자를 떼어내기 위해 보는 앞에서 다른 여자와
다정하게 있는 모습을 연출한다는 건 전혀 강도영답지 않은
짓이었다.

사실을 알고 나자 더욱 자신이 비참해졌고 더욱더 헤어지
고자 하는 강도영의 결심이 느껴졌다.

이제 헤어지는 이유를 알고 싶지 않았다.

그 정도까지 하면서 자신과 헤어지고 싶어 한다면 보내주
는 것이 맞았다.

사랑한다, 그것도 끌어안은 베개가 그였으면 하는 바람이 들 정도로.

하지만 그토록 간절하게 헤어지길 원하는 사람을 어떻게 붙잡을 수 있을까.

유태희를 만난 후 더 이상 그를 찾아 헤매지 않았다.

일을 다시 시작했고 이 고통스러운 시간이 조금이라도 빨리 지나가기를 간절히 바라며 하루하루를 보냈다.

텔레비전에서, 인터넷에서 강도영의 기사가 보일 때마다 고개를 돌렸다.

싫어서가 아니다. 화가 났기 때문도 아니다.

그의 얼굴을 볼 때면 눈물이 났고, 너무나 보고 싶어 애써 견디는 자신의 마음이 무너져 내릴 것 같았기 때문이다.

문을 열고 들어서서 곧장 걸어 들어갔다.

'프린세스'란 이름을 가진 이 레스토랑은 정기 모임 장소였고 언제나 같은 룸을 썼기 때문에 그녀가 가게에 들어와 걸어가도 종업원들을 그저 고개만 까닥여 인사만 했을 뿐 말을 붙여 오지 않았다.

벌써부터 깔깔거리는 웃음이 들려왔다.

여자들은 둘만 모여도 그릇이 남아나지 않는다고 했는데 셋이 모였으니 그녀들의 웃음소리가 여지없이 문밖을 새어 나오고 있었다.

신은서가 들어서자 온 방을 환히 밝힐 정도로 아름다운 여자들이 그녀를 맞아들였다.

강민경을 비롯해서 남연정과 이서우였다.

동갑내기 배우들로 구성된 이 모임은 벌써 10년이나 되었는데 오늘은 주소은이 촬영 때문에 오지 못한다는 연락이 왔다.

그녀가 들어서자 가장 가까이 있던 강민경이 도끼눈을 만들었다.

"왜 늦었어?"

"차 막혀서. 일찍 출발했는데 요 앞 사거리에서 엄청 막히더라."

"흥, 데이트하다가 늦은 건 아니고?"

"아니야."

장난이란 걸 뻔히 알기 때문에 신은서가 웃음을 머금으며 자리를 찾아 앉았다.

강민경이 말한 데이트 상대는 강도영이었다.

아직 그녀는 그들이 헤어졌다는 것을 모르고 있었기 때문에 만날 때마다 강도영의 안부를 물어오곤 했다.

첫사랑이란다.

그녀는 강도영이 텔레비전에서, 콘서트에서 전 국민이 보는 청혼을 한 후 신은서에게 부러움을 숨기지 못하며 자신의 이야기를 꺼냈다.

오랫동안 짝사랑했지만 신은서에게 뺏겼다는 게 그녀의 주장이었다.

조금만 더 일찍 만났더라면 신은서가 아니라 자신이 낭만적인 청혼을 받았을 거라며 그녀는 아쉬움을 숨기지 않았다.

그럼에도 쿨하다.

짝사랑처럼 가슴을 아프게 만드는 것도 없었을 텐데 그녀는 두 사람이 잘되기를 바라며 더 이상의 미련을 보이지 않았다.

음식이 들어오고 와인을 마시면서 한 달 동안 있었던 일들을 주제로 삼아 수다를 떨기 시작했다.

여배우들의 이야기는 뻔하다.

촬영에 관한 것과 감독의 성향, 같이 일하는 배우들의 이야기가 끝나면 연예계 전반에 관한 것으로 화제가 넘어갔다가 결국은 남자 이야기로 끝을 맺는다.

그리고 언제나 화제의 중심에는 강도영이 있었다.

"은서야, 도영 씨 들어왔다며. 난 사실 그래서 너는 오늘 못 올 줄 알았어. 도영 씨가 6개월 만에 들어왔는데 임도 보고 뽕도 따야 하잖아."

"오늘 모임 있어서 못 만난다고 했어. 남자가 그 정도는 기다릴 줄 알아야지. 안 그러니?"

남연정이 빤히 쳐다보며 묻자 신은서가 아무렇지 않다는 듯 대답했다.

오늘 그가 들어올지는 몰랐다.

만약 미리 알았더라면 모임에 나오지 않았을 것이다.

모임에서는 언제나 강도영의 이야기가 빠지지 않았기 때문에 최근 들어 두 번이나 참석하지 않았더니 친구들이 돌아가며 협박을 해와 어쩔 수 없이 참석했는데 가는 날이 장날이라는 말이 그대로 들어맞았다.

강도영이 언론에 흘리지 않은 이상 그녀 역시 헤어졌다는 말을 아무에게도 하지 않았다.

미련일까, 아마 그럴 것이다.

가슴 깊숙한 곳에 숨어 있는 사랑은 갖가지 변명을 대면서 헤어졌다는 말을 입 밖으로 꺼내지 못하도록 만들고 있었다.

"아주 도영 씨를 잡는구나. 그래도 도영 씨가 아무 말 안 해?"

"그 사람 착하잖아."

"얼씨구, 그럼 덜 착한 네가 결혼 전에 군기 잡는 거냐?"

"촬영하고 들어와서 엄청 피곤한데. 그래서 쉬라고 배려해 준 거니까 오해하지 말도록."

"그럼 그렇지. 오죽하겠어."

강민경을 비롯해서 친구들이 부러워죽겠다는 표정으로 마구 떠들어댔다.

대중들에게 사랑받는 그녀들도 강도영과 결혼이 예정되어 있는 그녀는 부러움의 대상이었다.

전화벨이 울린 것은 그녀들이 결혼 날짜에 대해서 마구 질문을 던지기 시작할 때였다.

핸드백에서 휴대폰을 꺼내 액정을 확인하자 서현탁의 이름이 떠올라 있었다.

흠칫.

몸이 저절로 경직되며 휴대폰을 든 채 한동안 화면만 쳐다봤다.

벨이 끊임없이 울려 친구들이 이상하다는 표정을 지을 때서야 신은서는 자리에서 일어났다.

그러고는 빠른 걸음으로 룸을 빠져나와 통화 버튼을 눌렀다.

―여보세요.

익숙한 목소리.

그와 가장 친한 서현탁은 한 달에도 서너 번씩 봤기 때문에 그 특유의 목소리가 아직도 익숙하게 귀를 파고들었다.

"안녕하세요. 신은서예요."

―잘 지냈나요?

"네, 잘 지내고 있어요."

안부를 물어보는 서현탁에게 그녀는 최대한 침착하게 대답을 했다.

강도영이 헤어지자는 말을 남기고 휴대폰을 아예 없애 버렸을 때 신은서는 서현탁에게 하루에도 12통이 넘을 정도로 전화를 걸었다.

그때마다 서현탁은 곤혹스러움을 감추지 못하며 자신도 강도영이 왜 그러는지 알지 못한다는 말만 남겼다.

미웠다.

그렇게 친하다고 생각했는데 서현탁은 그녀가 힘들 때 어떤 도움도 주지 못했다.

아프지 않다는 걸 보여주고 싶었다.

비록 헤어졌지만 이렇게 잘 살고 있다며 약 올리듯 말해주고 싶었다.

하지만 서현탁은 그녀의 그런 의도를 전혀 받아들이지 않으며 자신이 할 말만 했다.

―은서 씨, 지금 어디시죠?

"그건 왜 물어요?"

―잠깐 만났으면 해서요.

"지금 모임에 와 있어서 안 되겠어요. 미안해요."

―도영이 일로 말씀드릴 게 있습니다. 잠깐이면 됩니다.

"우린 헤어졌어요. 누구보다 현탁 씨가 잘 알잖아요. 그런데 이제 와서 무슨 할 이야기가 남았단 말이죠?"

더 냉정하게 말했다.

강도영이 직접 전화를 해왔다면 눈물부터 쏟아졌겠지만 서현탁의 전화가 그녀를 그렇게 만들었다.

말리는 시누이가 더 밉다는 말이 있는데 꼭 그 짝이다.

헤어지자고 말한 강도영보다 옆에서 지켜만 본 서현탁이 그녀는 더 미웠다.

―도영이가 은서 씨와 헤어진 이유를 알았습니다. 그걸 말씀드렸으면 해요.

"알고 싶지 않아요."

―아뇨, 은서 씨는 알아야 합니다. 도영이는… 은서 씨를 위해 이별을 선택했으니까요.

나를 위해 이별을 선택했다고?

도대체 무슨 말인지 이해가 되지 않았다.

그게 무슨 말인지 알아들을 수 있도록 말해달라고 했으나 서현탁은 만나서 이야기를 해야 한다며 고집을 부렸다.

망설여졌다.

강도영이 전화를 한 것이 아니라 제삼자인 서현탁이 불쑥 전화를 한 것도 이상했고 뒤늦게 헤어진 이유에 대해서 알려준다는 것도 이해가 되지 않았다.

그럼에도 서현탁의 마지막 말이 그녀를 혼란스럽게 만들었다.

강도영이 그녀를 위해 이별을 선택했다는 서현탁의 말을 듣는 순간 머리를 망치에 얻어맞은 것처럼 정신이 멍해졌다.

강도영이 전화를 해오지 않은 이상 다른 이유였다면 서현탁을 만날 이유가 없었으나 헤어진 이유가 자신 때문이었다면 무슨 소린지 들어봐야 한다는 생각이 들었다.

신은서는 전화를 끊고 잠시 동안 멍하니 서 있다가 친구들에게 급한 일이 생겼다는 말을 남기고 레스토랑을 빠져나왔다.

서현탁은 그녀의 위치를 확인하고 약속 장소를 잡았는데 예전에 강도영과 같이 다닐 때 자주 가던 카페였다.

카페 사장은 그녀가 들어서자 반색을 했다. 너무 오랜만에 왔기 때문이다.

강도영과 사귈 때는 자주 왔었으나 헤어진 이후로는 발길을 끊었었다.

서현탁은 아직 오지 않았다.

교통이 원활하지 않은 시간이었기에 오는 데 시간이 걸리는 것 같았다.

조용히 앉아 차를 마시면서 창밖을 바라보았다.

이곳에 오자 그와 함께했던 순간들이 창을 통해 한 편의 영화처럼 차례차례 그녀의 머릿속에서 떠오르기 시작했다.

강도영과 사귀었던 6년이란 시간 동안 한 번도 울어본 적이 없다.

평범한 연인들은 사랑을 하고 정이 깊어지면서 오해와 성격 차이로 여러 번 다투며 눈물을 흘렸지만 그들은 그런 일을 겪지 않았다.

그녀만을 사랑했던 강도영, 그리고 그만을 사랑했던 신은서.

그들은 서로를 배려하면서 오직 사랑만을 그리워했기 때문에 사랑하는 것만으로도 시간이 부족했다.

하지만 그런 행복은 마지막 순간 그녀를 나락으로 떨어뜨리며 한순간 영원처럼 길고긴 슬픔과 눈물을 흘리게 만들었다.

지금 생각해 보니 다른 연인들처럼 싸워야 했고 눈물을 흘려야 했다는 생각이 들었다.

오직 사랑만을 했기에 이별의 슬픔은 가슴을 도려내는 것처럼 그녀의 삶을 통째로 흔들어놓았다.

문이 열리며 사람이 들어오는 소리에 그녀는 추억을 접고 눈을 돌려 출입구를 바라봤다.

거기에 서현탁의 모습이 보였다.

그는 뛰어왔는지 숨을 헐떡거리고 있었는데 그녀의 모습

을 확인하고 곧장 복도를 가로질러 왔다.

"제가 조금 늦었죠?"

"아니에요. 저도 온 지 얼마 안 됐어요."

"우리 오랜만이네요."

형식적인 인사가 오고 간 후 주문한 커피가 나왔다.

서현탁은 커피를 마시며 신은서의 모습을 말없이 한동안 지켜보았다.

여전히 아름답다. 하지만 시선 깊숙한 곳에 박혀 있는 아픔은 숨기지 못했다.

"갑작스러운 전화에 당황하셨을 겁니다. 수많은 고민을 했고 결정을 내리지 못하다가 이제야 연락을 하게 되었습니다."

"왜 전화를 하신 거죠?"

"아까 말씀드린 것처럼 아무래도 도영이의 이야기를 은서 씨에게 해줘야 될 것 같아서……."

"제가 꼭 들어야 한다는 말씀 때문에 왔어요. 저는 준비되었으니까 말씀해 보세요."

서현탁의 말에 신은서가 어깨를 곧추세웠다.

지금까지 이별의 고통 속에서 고민하고 괴로워했던 원인이 밝혀지는 순간이었기에 그녀의 긴장감은 최고조에 달한 상태였다.

하지만 그건 서현탁도 마찬가지였다.

강도영의 동의를 받지 않은 상태에서 이런 치명적인 이야기를 꺼낸다는 건 그로서도 상당히 부담스러운 것이었다.

"도영이가 은서 씨와 헤어진 건… 도영이가 많이 아프기 때문입니다."

"뭐라… 고요……?"

"도영이는 불치병에 걸려서 얼마 살지 못한다는 진단을 받았습니다. 국내에서 최고라는 S대 병원을 비롯해서 5대 병원을 전부 찾았지만 진단은 똑같았어요. 치료조차 할 수 없는 불치병이라고 하더군요."

"말도 안 되는 소리하지 마세요. 혹시 도영 씨가 다시 마음이 변해서 현탁 씨한테 이렇게 하라고 부탁하던가요?"

신은서의 시선이 차갑게 변하며 서현탁을 노려봤다.

또다시 삼류 영화의 스토리다.

이전 유태희와 연극을 꾸민 짓도 그러더니 이번에도 어디 막장 드라마에나 나올 법한 소리를 서현탁은 하고 있었다.

그랬기에 그녀는 서현탁을 차갑게 노려보며 사실을 말하라는 무언의 압력을 보냈다.

그러나 그녀를 바라보는 서현탁의 눈은 점점 슬픔으로 젖어들어 금방이라도 눈물이 흘러내릴 것 같았다.

가슴이 철렁 내려앉았다.

아무리 영화배우라도 저런 눈을 하고 있는 사람이 거짓말을 할 수는 없기 때문이다.

"믿지 못할 거라고 생각했습니다. 은서 씨가 겪었던 고통이 이런 말로 한순간에 풀릴 거라고 생각하지 않았으니까요. 하지만 사실입니다. 도영이는 지금 죽어가고 있어요."

"어떤 병인데요… 혹시 암이라도 걸렸나요?"

"차라리 암이라면 치료라도 해볼 수 있었을 거예요. 도영이의 병은 의학계에 전혀 찾아보지 못했던 희귀병이라고 하더군요. DNA가 점점 변이를 일으키며 몸을 파괴시키고 있답니다."

"치료법이… 없다고요. 그래서… 나와 헤어지려 했단 말인가요. 지금 그걸 나보고 믿으란 소릴 하고 있는 거예요!"

"도영이는 자신의 병을 알고 난 후 혼자 외로움 속에서 은서 씨와 헤어질 결심을 한 것 같아요. 저도… 몰랐고 부모님도 몰랐습니다. 그놈은 바보같이 저 혼자 모든 슬픔을 떠안으려고 했어요."

"그걸 말이라고 하세요!"

결국 신은서가 소리를 질렀다.

그녀는 아직도 믿지 못하겠다는 듯 눈을 부릅뜨고 있었는데 어느새 눈물이 방울방울 솟아나고 있었다.

"불쌍한 놈이에요. 지가 죽어가는 데도 다른 사람을 먼저 생각한 걸 보면 세상에 둘도 없는 바보 같은 놈입니다. 그 자식은… 언제나 은서 씨를 그리워하고 있었어요. 은서 씨와 헤어지고 난 후 그놈은 혼자서 많이 울었습니다. 촬영할 때도, 밥을 먹을 때도, 걸어갈 때도 도영이의 머릿속에는 언제나 은서 씨가 들어 있었어요. 저는 알 수 있었습니다. 놈은 은서 씨에 대한 그리움 때문에 언제나 슬퍼 보였으니까요."

"그만… 그만하세요……."

"오늘 제가 병원에 다녀오는 길입니다. 의사 말로는 남은 시간을 정할 수 없다고 하더군요. 그래요, 도영이는 언제 죽을지 모르는 놈입니다. 그래서 이런 이야기를 하기까지 많이 망설였습니다. 그놈이 생각한 것처럼 은서 씨가 사실을 알고 나면 이별보다 훨씬 커다란 고통과 불행한 시간을 보낼 테니 말이죠. 그럼에도 제가 이렇게 달려온 것은 그 자식이… 너무나 불쌍했기 때문입니다. 죄송합니다. 은서 씨의 불행보다… 도영이의 남은 시간을 외롭게 만들고 싶지 않았던 제 욕심이 먼저였어요. 저는… 크윽, 도영이가 남은 시간을 조금이라도 행복하게 살다 가기를… 죄송합니다."

금방이라도 눈물을 흘릴 것 같았던 서현탁이 끝내 울음을 터뜨리며 고개를 떨어뜨렸다.

하지만 그의 울음소리는 신은서의 칼날 같은 울음소리에 묻혀 더 이상 새어 나오지 못했다.

신은서는 비수에 가슴을 찔린 사람처럼 자신의 손으로 가슴을 쥐어뜯으며 울고 있었는데 마치 영혼을 잃어버린 사람처럼 보였다.

제56장
너의 의미 II

　―나와.

　"왜 또?"

　―밥이나 먹자.

　"인마, 넌 지치지도 않냐. 피곤하지 않아?"

　―젊은 놈이 피곤 타령은. 그러지 말고 나와. 내가 할 말이 있어.

　"뭔데? 그냥 전화로 해. 나 오늘 바빠. 우성이하고 영화 보기로 약속했어. 저녁에는 가족들 전부 외식하기로 해서 시간이 없다."

―이 자식아, 나오라면 나와. 점심 먹고 가면 되잖아!

서현탁이 신경질을 부리자 장난스럽게 전화를 받던 강도영이 고개를 갸우뚱거렸다.

오랜만에 편하게 늦잠을 자고 9시가 넘어서 일어났다.

동생과 영화를 보자고 약속을 한 건 어젯밤이었는데 오늘 사귀는 사람을 소개받기로 했다.

우성이는 사귀는 여자를 형한테 보여주지 못해 그동안 안달을 해왔는데 자신보다 먼저 결혼이라도 할 기세였다.

부모님과 함께 저녁 외식을 잡은 건 강도영이 먼저 꺼낸 말이었다.

더 늦기 전에, 더 아프기 전에 가족들과 소중한 추억을 만들고 싶다는 마음 때문에 서둘러 만든 약속들이었다.

"너 무슨 일 있냐?"

―무슨 일 있긴. 밥 먹자는 거지.

"너, 우리가 엄청나게 오래 떨어진 사이처럼 말한다. 어제까지 붙어 있었는데 왜 그래?"

―보고 싶어서 그런다.

"까불지 말고 말해. 뭐 때문에 그러는 거야?"

―말했잖아. 할 이야기가 있다고. 부탁이 있는데 네 얼굴을 보고 할 이야기야.

"전화로 하면 안 될까?"

―너 정말 이럴래. 내가 부탁 좀 하자는데 이렇게 성의 없이 나올 거냐?

"아이고, 이 자식아. 알았다. 어디로 나가면 돼?"

―피앙세로 와. 거기 파스타가 맛있어.

전화를 끊고 힐끗 시계를 보자 11시가 가까워지고 있었다.

12시에 보자면서 서현탁이 일방적으로 전화를 끊었기 때문에 서둘러 샤워를 한 후 옷을 갈아입었다.

이상하다.

오랫동안 사귀어왔지만 서현탁이 이런 경우는 거의 없었다.

부탁이란 말만 꺼내지 않았어도 내일 만나자며 미뤘을 텐데 놈의 입에서 부탁이란 말이 나오자 더 이상 거부할 수 없었다.

서현탁은 자신이 스타가 된 후 부탁이란 걸 해본 적이 없다.

놈은 자신이 곤란해지는 걸 극도로 싫어했는데 그런 것이 친구로서의 도리라고 생각하는 것 같았다.

집을 나서 차를 꺼내 '피앙세'가 있는 반포로 향했다.

연예인들에게 아지트가 있다는 걸 안 것은 일을 하면서 대중들에게 얼굴이 알려진 사람들을 만나고 난 후였다.

그들이 주로 가는 곳은 개인적인 프라이버시가 전혀 노출되지 않는다는 특징이 있는데 대부분 사람들과 격리되어 식사를 할 수 있었다.

'피앙세'도 그런 곳이었다.

강도영이 가게로 들어서자 여종업원이 놀라서 어쩔 줄을 모르다가 겨우 정신을 차리고 그를 서현탁이 있는 룸으로 안내했다.

워낙 연예인들이 많이 출입하는 식당이라 이곳에서 일하는 종업원들은 연예인들을 봐도 절대 알은척하지 말라는 교육을 받지만 강도영을 본 여종업원은 얼굴이 시뻘겋게 변한 채 어쩔 줄을 몰라 했다.

룸으로 들어서자 서현탁이 혼자 앉아 핸드폰으로 뉴스를 보다가 그를 맞아들였다.

"역시 우리 도영이는 시간 하나만큼은 칼이야. 앉아. 내가 너 좋아하는 까르보나라 시켜놨다."

"난 스테이크 먹고 싶은데……."

"그냥 먹어. 시켜놓은 거 취소시키면 사람들이 흉봐. 변덕이 죽 끓듯 한다고."

"와아, 이놈 웃기네. 지가 시켜놓고 왜 내 탓이야."

"키키킥… 오늘은 내가 돈 낼 거거든."

"그럼 공짜냐? 이 자식아, 그럼 더 비싼 거 먹어야 되잖아. 짠돌이 서현탁한테 얻어먹는 일이 흔한 것도 아닌데 치사하게 파스타가 뭐냐, 파스타가!"

"비싼 거 시킬까 봐 선수 친 거다. 우리 마누라가 나가서 비싼 밥 먹지 말라고 그랬어."

"어휴, 머리 좋은 놈. 그래, 보자는 이유가 뭐냐?"

"밥부터 먹고."

"부탁 있다며, 빨리 말해. 난 궁금한 게 있으면 밥 먹다가 체하는 스타일이야."

"서둘지 마. 하아, 타이밍 봐라. 바로 식사가 나오잖아. 이 게 바로 밥 먹고 시작하라는 뜻이다."

문이 열리고 음식이 들어오는 걸 보며 서현탁이 잽싸게 화재를 돌렸다.

간단하다.

파스타의 종류는 여러 가지가 있지만 둘은 모두 까르보나라를 좋아했는데 다른 건 시키지 않았기 때문에 피클이 담긴 그릇까지 전부 합해 접시는 달랑 4개뿐이었다.

서현탁은 파스타를 먹으며 부모님의 건강 상태와 우성이의 여자 친구에 관해 물으며 시간을 보냈다.

결코 식사를 다 할 때까지는 본론을 말하지 않겠다는 뜻이었다.

그랬기에 강도영은 서현탁의 질문에 대답하며 눈치를 봤다.

뭔데 이렇게 뜸을 들이는 걸까?

어떤 부탁이라도 들어줄 의향이 있었다. 자신이 할 수 있는 일이라면 그는 서현탁을 위해 어떤 일도 주저하지 않을 것이다.

그럼에도 서현탁이 이야기를 꺼낼 때까지 기다리고 있는 것은 놈의 마음을 조금이라도 더 편하게 해주고 싶었기 때문이다.

이윽고 식사가 모두 끝난 후 종업원이 접시를 치워가자 강도영이 빤히 서현탁을 바라봤다.

이제 더 이상 기다릴 수 없으니 본론을 말하라는 표정이었다.

서현탁이 그의 시선을 받으며 천천히 입을 열었다. 그도 더는 뜸을 들일 생각이 없는 것 같았다.

"언제 병원 갈 거냐?"

"무슨 소리야?"

"병원 언제 갈 거냐고!"

서현탁의 목소리가 조금 올라갔다.

그러자 강도영의 얼굴이 조금씩 일그러지기 시작했다.

"어떤 병원을 말하는 거야? 감기는 다 나았다고 했잖아."

"이 자식아, 내가 평생 모를 줄 알았냐. 김홍순 박사가 화를 내더라. 들어왔으면 검사부터 받아야 하는데 네가 오지 않는다고!"

"네가 어떻게 그걸……."

"일단 병원 가서 검사부터 받아. 우성이 여자 친구 보는 게 중요한 건 아니잖아."

"내 질문에 먼저 대답해. 어떻게 알았어!"

"촬영 끝나고 술 마신 날 네가 말해줬다. 너는 기억나지 않겠지만."

"내가… 정말 그랬단 말이냐?"

"혼자서 그렇게 살다가 죽으면 내가 편할 것 같냐? 너희 부모님은, 또 우성이는 어쩌고. 이 새끼야, 왜 그렇게 바보같이 살아!"

서현탁의 질책에 강도영이 아무 말도 하지 못했다.

친구 놈의 말처럼 그렇게 살다 가려 했다. 아무 일도 없었던 것처럼 열심히 일하다가 어느 날 훌쩍 떠나는 게 사랑하는 사람들을 덜 아프게 할 수 있다고 생각했던 것이다.

하지만 막상 서현탁이 모든 사실을 알고 소리를 질러 오자 자신도 모르게 그동안 참아왔던 설움이 뜨겁게 올라왔다.

"어제 은서 씨를 만났다."

"설마… 은서 씨한테 말한 건 아니겠지?"

"했다. 다른 사람은 몰라도 은서 씨만은 반드시 알아야 했으니까."

"이 미친놈이……."

결국 눈물을 떨어뜨리며 강도영이 물 잔을 든 후 벌컥벌컥 마셨다.

속이 탄다.

어찌해서 서현탁까지 안 건 어쩔 수 없는 일이라 해도 신은서가 아는 순간 자신의 계획은 모두 수포로 돌아가기 때문이었다.

그럼에도 궁금하고 보고 싶었다. 자신이 병 때문에 헤어졌다는 걸 아는 순간 그녀가 어떤 반응을 보였을지 미치도록 궁금했다.

"은서 씨는 잘 있니?"

"응, 더 예뻐진 것 같더라."

"내가 아프다니까… 뭐라디?"

"아무 소리도 안 했다. 은서 씨는 그냥 울기만 했어, 아주 서럽게……. 아마 널 찾아올지 몰라. 그러니까 만약 은서 씨가 널 찾아오면 더 이상 바보 같은 짓 하지 마. 이 자식아, 알았어!"

"현탁아, 네 오지랖이 여러 사람을 아프게 한다는 걸 왜 모르냐. 왜 병신같이 그런 짓을 해!"

"나한테는 네가 먼저니까. 다른 사람 아픈 건 참을 수 있어도 네가 아픈 건 죽어도 못 봐. 그래서 그랬다. 씨발, 아픈 놈이 먼저잖아."

"……."

"도영아, 제발 내 말 들어. 응?"

"너 때문에 모든 게 틀어져 버렸어. 남아 있는 내 삶이 너 때문에 비참해지게 될 거야. 너 때문에……."

"비참한 것보다 더 무서운 게 뭔지 알아? 외로운 거다, 이 자식아. 절대 널 외롭게 만들지 않을 거다. 무슨 일이 있어도."

강도영의 눈물을 보면서 서현탁이 이를 악물었다.

그의 눈은 붉게 충혈되어 있었는데 울음을 참기 위해 무진 애를 쓰고 있는 것 같았다.

이 자식은 자신을 위해 무슨 짓이라도 할 놈이다. 그래서 그게 너무나 걱정이 되었다.

"…부모님한테는 말씀드리지 마라."

"알았어. 말씀드리지 않을게. 대신 당장 병원부터 가자. 그래서 더 악화되었다고 한다면 다른 방법을 찾아보자. 병원에는 치료법이 없다잖아. 그 자식들 믿고 있다가는 죽는 날짜만 기다릴 수밖에 없어?"

"다른 방법이라니?"

"내가 프로메테우스란 영화를 봤더니 모든 해결 방법은 처음에서 찾으면 된다는 말이 나오더라. 너를 변화시킨 곳, 거길 가보면 살길을 찾을 수도 있지 않겠냐?"

                    *   *   *

　신은서는 서현탁을 만나고 집으로 돌아온 후 뜬눈으로 밤을 보냈다.

　어떻게 집으로 돌아왔는지 알 수 없었다.

　그녀의 머릿속에 환청처럼 들려오는 강도영의 울음소리가 너무나 생생해서 어떤 생각도 떠오르지 않았다.

　눈으로 사물은 들어왔으나 금방 스쳐 지나간 것들이 아무것도 기억나지 않았다.

　그토록 자신의 마음을 아프게 만들어놓고 혼자 숨어서 울었단다. 바보처럼.

　너무나 무서운 이야기에 다리가 후들거렸다.

　사랑하는 사람이 죽어간다는 사실이 그녀를 온통 두려움 속으로 몰아넣었다.

　자신을 영원히 사랑하리라 믿었던 사람이 불치병 때문에 헤어지려고 했단 말을 들으며 복받친 설움에 눈물을 멈출 수 없었다.

　그 사람은 충분히 그러고도 남을 사람이었다.

　누군가를 먼저 배려하는 게 습관처럼 몸에 익었던 강도영은 분명히 그녀를 위해 헤어질 결심을 했을 것이다.

침대에 누워 그 사람이 겪어야 했을 고통을 생각하자 가슴이 아파 견딜 수가 없었다.

불쌍했다. 누구에게도 말하지 못하고 겪어야 했을 그의 고통이 칼날처럼 그녀의 가슴을 후벼 팠다.

그럼에도 이성 한편에서 악마의 속삭임이 들려왔다.

여자의 행복은 어떤 남자를 만나느냐에 달렸다는 엄마의 목소리와 잘난 남자를 만나 행복한 가정을 꾸린 친구들의 목소리가 겹쳐지면서 그녀를 괴롭혔다.

서현탁의 말대로라면 강도영은 몇 년 버티지 못할 게 분명했다.

그녀는 거의 모든 것을 가진 여자였다.

대중들의 사랑을 받는 스타였고, 누구 못지않은 예쁜 외모와 성격을 지녀 어떤 남자라도 그녀에게 매력을 느꼈다.

어릴 때부터 꿈꾸어왔던 것은 화목한 가정을 꾸려 아이들을 낳아 기르며 행복하게 사는 것이었다.

그래, 그렇게 살고 싶었다.

강도영이 이별을 선택한 것도 그녀가 불행 속에서 살아가기를 원치 않았기 때문임이 분명했다.

그렇다면 자신의 선택은 어떤 것이 옳은 것인가.

강도영을 사랑하지 않은 것은 아니었다. 아니, 자신을 위해 스스로를 희생한 그의 마음을 아는 순간 당장에라도 달려가 그를 안아주고 싶었다.

그러나 그렇게 하는 순간 자신의 남은 인생은 여자로서의 행복을 전혀 느끼지 못하고 고통과 슬픔 속에서 평생을 살아가게 될 것이다.

서현탁의 강요에 강도영은 우성이와의 약속을 지키지 못하고 병원으로 향했다.

그를 보는 순간 김홍순 박사는 불같이 화를 냈다.

위험한 상태에서 아무런 연락도 없이 베트남으로 촬영을 떠나 6개월 동안 병원에 오지 않는 강도영을 기다리며 매일같이 애를 태웠기 때문이다.

베트남에서 온 연락을 받고 얼마나 놀랐는지 모른다.

지금까지의 증상에서 벗어나 가슴이 칼로 찔린 것처럼 아프다는 건 강도영의 몸이 나빠졌다는 것을 의미했다.

강도영이 병원에 도착하자 김홍순 박사는 지체 없이 혈액을 채취하고 세포를 떼어내어 유전자 추출을 시작했다.

어이없는 일이지만 강도영으로 인해 유전자 추출 시간을 배 이상 당기는 방법을 찾아냈다.

결과가 나온 것은 불과 5시간 만이었다.

그사이 강도영은 전신 MRI와 주요 장기에 대한 CT를 전부 찍었다. 시간이 상당 기간 흘렀기 때문에 합병증이 우려되었기 때문이다.

다행스럽게 아직 암으로 세포가 바뀌지 않았으나 예상했던 것처럼 강도영의 DNA는 이전보다 훨씬 더 손상이 진행된 상태였다.

발길이 무거웠다.

아무것도 하지 못한 채 점점 죽음 앞으로 다가서는 강도영을 마주한다는 것은 의사로서 더없이 부끄럽고 미안한 일이었다.

강도영의 상태가 확인된 후 부원장이란 직책을 이용해서 신경계 쪽의 권위자들과 유전자 관련 전문가들을 동원해서 관련 논문 및 외국 사례까지 전부 뒤졌으나 동일한 증상은 발견되지 않았다.

동일한 증상이 없다는 것은 치료법이 존재하지 않는다는 뜻이었고 강도영의 죽음을 막을 수 없다는 걸 의미했다.

천천히 문을 열고 들어서자 기대에 찬 눈으로 강도영과 서현탁이 자신을 바라보고 있는 게 보였다.

"박사님, 결과가 어떻게 나왔습니까?"

"6개월 전보다 10% 정도 더 손상이 된 상태군요. 강도영 씨의 DNA 변이 진행률은 지금까지 20%에 달합니다. 이제부터는 훨씬 더 고통스러운 상황이 닥쳐올 것 같아요. 손상된 세포가 암으로 전환될 가능성이 크고 다른 합병증이 유발될 수 있습니다."

"어느 정도… 손상이 가면 목숨이 위험해지는 거죠?"

"그것도 확신할 수 없습니다. 지금 상태만 가지고도 정상은 아니니까요. 미안해요, 강도영 씨. 지금까지 국내뿐만 아니라 외국의 사례까지 전부 뒤졌지만 도영 씨와 같은 증상을 찾아낼 수 없었어요. 그럼에도 내가 도영 씨를 병원에 오라고하는 것은 고통을 줄여주고 싶기 때문입니다. 언제든 고통이찾아오면 연락을 줘야 합니다. 근본적인 치료는 할 수 없겠지만 DNA의 변이로 인해 나타나는 병은 치료할 수 있어요. 도영 씨 몸 안에 있었던 폐렴처럼 말이죠."

이젠 마음조차 아프지 않았다.

서현탁은 김홍순 박사의 말을 들으며 눈물을 뚝뚝 흘렸지만 강도영은 묵묵히 앉아 있다가 그의 집무실을 빠져나왔다.

운전대를 잡은 서현탁은 거칠게 운전을 했다.

그는 우려했던 것처럼 강도영의 상태가 나쁘게 나오자 천천히 가는 앞차를 향해 연신 욕설을 뱉어내며 울분을 삭혔다.

그러다가 결국 화살을 김홍순 박사에게 돌렸다.

"개자식들, 의사라는 새끼들이 아픈 것도 치료하지 못하면서 말은 번지르르하게 잘하네. 세상에 불치병이라는 게 어디있어. 능력이 없으니까 치료를 못 하는 거지!"

"현탁아… 그만해."

"그만하긴 뭘 그만해, 이 새끼야. 그럼 이대로 있다가 죽을 거야. 그럴 거냐고!"

"다른 방법이 없잖아."

"내일 당장 내가 말한 대로 연구소에 가자. 거기 가서 네 증상을 말하면 방법을 찾을 수 있을 거야."

"인마, 내가 그걸 생각하지 않았을 것 같아. 내 목숨이 달려 있는데? 나도 살고 싶어. 살고 싶단 말이다."

"그러니까 가자고!"

"2년 전에 촬영장으로 날 찾아온 여자분 기억 나냐?"

"널 실험했다는 그 박사라는 분?"

"그래. 그때 많은 이야기를 나누었다. 그분은 나한테 생명의 은인과 같은 분이셨지. 그래서 보자마자 미안함 때문에 눈물이 흘러나오더라. 그분은 내 인생을 바꾸어줬는데 나는 내 정체가 탄로 날까 봐 그분한테 도움이 될 걸 뻔히 알면서도 찾아가지 않았거든. 그래서 늦었지만 내 피와 세포를 제공해 드리겠다고 말씀드렸다. 그랬더니 이제 소용없다고 하더라. 벌써 9년 전, 관련법이 개정되면서 연구가 완전히 중단되어 더 이상 그 분야 쪽으로는 연구가 진행되지 않는다고 했어."

"으……."

"연구가 중단되지만 않았어도 찾아가려고 했다. 어떡하든 살고 싶었으니까. 벼룩도 낯짝이 있다고 했는데 이제 와서 중단된 연구를 다시 해달라고 한다면 그분들이 뭐라고 생각하겠냐. 그래서 찾아갈 생각을 그만뒀어. 현탁아, 예전의 내 못났던 모습 기억나니?"

"그 말은 왜 해?"

"내가 그때 그 못난 모습으로 살았다면 지금 어땠을까. 여전히 불행하고 여전히 힘들었을 거야. 시간이 지나면서 난 점점 죽음을 두렵지 않아. 이렇게 멋지게 살다 가는데 뭐가 아쉽겠니."

"미친놈아, 지랄하지 마. 개똥밭에 굴러도 이승이 좋다고 했어. 그리고 나는… 네가 죽으면 나는!"

"되지도 않은 일에 나서서 내 마지막 인생을 헝클어뜨리고 싶지 않다. 연구소에 간다는 건 그런 거야. 괜히 소문만 무성하게 내서 아름다웠던 내 인생을 망치기 싫어."

"좋다, 너는 가지 마. 대신 내가 간다. 가서 그분께 물어볼 거야. 네가 살아날 방법이 정말 없는지 물어보겠어. 그러니까 그분 이름만 알려줘."

부모님을 모시고 오랜만에 바깥으로 나가 저녁을 먹었다.

근사하게 치장된 한우를 파는 곳이었다.

비쌌다. 서초동에 있어서 그런지 1인분에 5만 원이나 했는데 종업원이 와서 직접 고기까지 구워주는 고급 음식점이었다.

강도영이 나타났다는 소식에 방 밖이 시끌벅적했지만 신경 쓰지 않고 맛있게 저녁을 먹었다.

다른 때 같았으면 가급적 외식을 하지 않았겠지만 오늘만큼은 부모님과 함께 다른 사람들처럼 저녁을 먹고 싶었다.

서현탁이 연구소를 찾아가겠다며 고집을 부렸기 때문에 할 수 없이 정세희 박사의 이름을 대줬지만 큰 기대를 갖지 않았다.

거짓말을 한 것이 아니었다.

실제로 정세희 박사는 9년 전에 연구가 완전 중단 되었다며 자신의 피가 필요 없다고 말했다.

처음에 부모님은 외식하자는 그의 제안을 완강하게 반대를 했으나 막상 집을 나와 차를 타자 어린아이처럼 좋아했다.

정영숙은 평생 남의 뒷바라지를 하다 종업원이 고기를 구워주자 어색했던지 헛기침을 하면서도 연신 익은 고기를 강도영의 접시에 놓아주며 행복한 미소를 숨기지 못했다.

저녁을 먹으며 행복한 시간을 보내며 앞으로는 이런 시간을 자주 가져야겠다는 생각을 했다.

부모님의 행복한 모습을 기억할 수 있다면 조금의 귀찮음은 아무것도 아니었다.

저녁을 먹고 나오자 수많은 사람이 그를 기다리고 있었다.

사람들은 슈퍼스타인 강도영의 얼굴을 보기 위해 식사하는 내내 기다렸는데 식당은 물론이고 식당 밖까지 사람들로 가득 찬 상태였다.

부모님을 먼저 가시라고 한 이유는 바로 이런 것 때문이었다.

기다린 사람들을 모른 체하고 사라진다는 건 그의 성격상 할 수 없는 짓이었기에 힘들어하실 부모님을 먼저 보냈다.

사람들을 향해 인사를 하고 악수도 했다. 사인을 받기 위해 기다린 사람들에게 사인도 해줬고 같이 사진도 찍어주었다.

슬픔을 뒤로한 채.

남아 있는 삶 동안 이렇게 살 생각이다.

나를 사랑해 주는 사람들에게 언제나 밝은 모습으로 정겹게 다가서는 것만이 자신이 할 수 있는 최상의 삶이었다.

팬들과 함께 시간을 보내다 집으로 돌아오자 밤 10시가 훌쩍 지나 있었다.

오랜만에 자신의 맨션으로 들어왔으나 전혀 낯설지 않았다.

맨션은 그가 없는 동안 회사에서 청소를 해놨는지 먼지

하나 없이 깨끗했다.

샤워를 하고 텔레비전을 잠깐 켰다가 침실로 들어가 누웠다.

김홍순 박사는 금방이라도 죽을 것처럼 말했으나 몸의 컨디션은 그렇게 나쁘지 않았다.

팔베개를 하고 눈을 감은 채 오늘 있었던 일들을 떠올렸다.

은서…….

서현탁이 사실을 말했을 때 그녀는 얼마나 충격을 받았을까.

많이 울었다고 했다.

그렇겠지, 그랬을 것이다.

착한 그녀는 자신이 겪고 있는 고통을 생각하며 수많은 눈물을 흘려냈을 게 분명했다.

이 집에서 그녀와 나누었던 사랑이 아직도 생생하게 기억난다.

그녀는 품에 안길 때마다 새끼 강아지처럼 자신을 향해 순한 눈망울을 던지며 사랑을 갈구했었다.

신은서를 떠올리자 미칠 듯한 그리움이 밀려오기 시작했다.

보고 싶었다. 자신을 위해 울었을 그녀를 위로하며 등을 다독여 주고 싶었다.

하지만 그녀를 만날 수는 없다.

서현탁을 향해 화를 낸 것은 사실을 말했다 해도 냉정한 현실이 바뀌지 않기 때문이다.

잠이 오지 않았다.

그녀를 떠올리자 모든 세포가 올올히 일어나 그녀와 함께 했던 추억을 머릿속에서 계속 떠올렸다.

잊으려 고개를 흔들었으나 그럴 때마다 그녀와 함께했던 시간들이 더욱 크게 다가왔다.

벌떡 일어나 거실로 나갔다.

영화를 보면 그녀의 모습이 사라질지 모른다.

전화벨이 무섭게 울리기 시작한 것은 그가 영화를 보기 위해 컴퓨터와 연결된 선을 만지고 있을 때였다.

누굴까. 시간을 보자 10시 반을 가리키고 있었다.

서둘러 다가가 침실에 있던 핸드폰을 들자 익숙한 번호가 눈으로 들어왔다.

그녀다.

이름은 지웠지만 언제나 기다렸던 전화 번호였기에 생생히 기억나는 번호였다.

받지 않는 것이 맞았다. 그녀의 목소리를 들으면 금방이라도 눈물이 흘러나올 것 같았다.

하지만 천천히⋯ 어깨를 짓누르는 갈등을 뒤로하고 이성을 배반한 손이 자신도 모르게 통화 버튼을 눌렀다.

"여보세요?"

─도영 씨, 나야. 은서.

"오랜만이야."

─이 목소리… 여전하네. 듣고 싶었어, 당신 음성.

"응."

강도영은 그녀의 말을 들으며 짧게 대답했다.

일부러 그런 것이 아니라 목이 메어 왔기 때문이다.

그토록 보고 싶었던 그녀의 음성이 마치 천상의 노래처럼 귀로 들어와 그의 마음을 단숨에 헤집어놓고 있었다.

"우리 만나. 나 도영 씨한테 꼭 할 말이 있어."

＊   ＊   ＊

자신의 생각에 희망을 가졌던 서현탁은 강도영의 말을 듣고 절망 속으로 빠져들었다.

하긴, 강도영은 자신이 생각했던 것보다 분명 먼저 연구소를 떠올렸을 것이다.

놈은 죽음을 앞둔 당사자였으니 자신보다 훨씬 절실했을 것이고 누구보다 머리도 좋아 문제 해결에 대한 핵심을 너무나 잘 아는 놈이었다.

그럼에도 자신이 그와 다른 것은 삶을 포기한 강도영과 다르게 끝까지 친구를 살리고 싶은 간절한 마음을 가졌다는 것이었다.

강도영은 정세희의 전화번호를 가지고 있지 않았다.

오래전 통화를 한 적이 있었으나 휴대폰을 여러 번 바꿨고 외모가 바뀐 이후로 10년이 넘게 통화한 적이 없었기에 그녀의 전화번호 역시 바뀌었을 가능성이 컸다.

그랬기에 서현탁은 무작정 미성연구소로 차를 몰아갔다.

그녀가 여전히 이곳에 근무하고 있는지조차 확인하지 못했지만 마음이 급했기 때문에 물불을 가리지 않고 일부터 저질렀다.

연구소 정문에 도착하자 경비가 차를 가로막아 왔다.

국가에서 운영하는 연구소답게 보안이 철저한 곳이었다.

"정세희 박사님을 만나러 왔습니다."

"약속이 되어 있나요?"

그녀의 이름을 말하자 경비가 자연스럽게 반문을 해왔다.

다행이다. 그녀는 아직까지 이곳에서 근무하고 있는 모양이었다.

"약속은 하지 못했지만 오늘 꼭 만나 뵙고 드릴 말씀이 있습니다. 강도영 씨 일로 상의드릴 게 있다고 말씀드려 주십시오."

"알았습니다. 잠시 기다리세요."

잠깐 기다리라고 말했던 경비가 다시 나온 것은 그리 오래
걸리지 않았다.

서현탁은 긴장된 눈으로 경비가 다가오기를 기다렸다.

만약 그녀가 자신의 방문을 허락하지 않는다면 소란을 피
우는 한이 있더라도 반드시 만날 생각이었다.

그러나 다가온 경비는 그가 연구소로 들어가는 걸 순순히
허락하며 만나는 장소까지 친절하게 가르쳐 주었다.

주차장에 차를 세우고 급한 걸음으로 달려가 경비가 가르
쳐 준 휴게실로 들어갔다.

기다림은 길지 않았다.

문이 열리며 다가오는 중년 여인을 보자마자 그녀가 정세
희라는 걸 단박에 알 수 있었다.

"저를 찾으셨다고요?"

"예, 인사부터 드리겠습니다. 서현탁입니다."

"알고 있어요. 서현탁 씨는 유명한 분이잖아요."

빈말일 것이다. 대중들에게 노출은 되었지만 누구나 알 정
도로 스타가 된 것은 아니었다.

그럼에도 그녀는 정말 그를 알고 있었던 모양이다.

"박사님, 제가 온 이유는… 도영이 때문입니다."

"우진이 말하는 거죠?"

"그렇습니다."

서현탁의 대답에 그녀의 표정이 살짝 굳어졌다. 긴장했다는 뜻이었다.

"우진이한테 무슨 일이 생겼나요?"

"우진이가… 우진이가 죽어가고 있습니다."

충격을 받았던 것일까.

정세희 박사는 서현탁의 말을 듣고 눈을 부릅뜬 채 잠시 침묵을 지키다가 금방 정신을 차리고 자신의 의문을 연거푸 묻기 시작했다.

"죽어간다는 게 무슨 말씀이죠?"

"제가 병원에서 듣기로는 DNA가 파괴되고 있답니다. 손상률이 벌써 20%가 넘었기 때문에 언제 죽음을 맞이할지 모른다고 했습니다."

"담당 의사가 누구였나요?"

"김홍순 박사님입니다."

"아…….."

정세희의 입에서 탄식이 터져 나왔다.

김홍순 박사라면 국내 최고의 권위자였기 때문에 오진을 할 리가 없었기 때문이다.

김홍순 박사는 그녀와 같은 학교를 나왔는데 동문들 사이에서는 전설로 통하는 사람이었다.

"그분은 치료법조차 없다고 했습니다. 학계에 전혀 보고되지 않은 증상이기 때문에 어쩔 수가 없다더군요. 처음에는 감기인줄 알았는데 최근에 와서는 가슴을 칼로 도려내는 통증까지 느끼고 있어요. 박사님… 혹시 우진이가 왜 그렇게 된 건지 알 수 있을까요?"

"우진이가 이야기하지 않았나요?"

"어떤 것 말씀입니까?"

"우진이 외모가 변한 것은 유전자 성형을 받았기 때문이에요……"

정세희 박사는 오래전 강도영에게 일어났던 일들을 자세히 말해주기 시작했다.

수많은 실패 속에서 유일하게 버텨낸 단 하나의 샘플.

다른 사람들은 모두 부작용을 견뎌내지 못하고 중간에서 실험을 중단했으나 강도영만큼은 모든 과정을 끝냈기 때문에 연구소에서는 엄청난 기대 속에서 그를 지켜봤지만 실험이 끝나고 1년이 넘도록 전혀 변화가 일어나지 않아 결국 관련 실험이 중단되었다는 말이었다.

서현탁의 얼굴이 일그러지기 시작한 것은 그녀의 입에서 흘러나온 다음 이야기 때문이었다.

"확신할 수 없지만 우진이가 아픈 건 유전자 성형을 위해 주입된 DNA가 원인인 것 같아요."

"그게 무슨 말씀입니까?"

"나는 우진이가 특별한 신체를 지녔기 때문에 부작용을 겪지 않았다고 판단했어요. 하지만 지금 현탁 씨 이야기를 들어보니 다른 사람보다 더 큰 부작용을 겪는 것 같네요. 아마 우진이 몸에 들어간 유전자는 기존 DNA와 착상 과정을 거치면서 한계 시간이 설정되었을 가능성이 커요."

"잘 못 알아듣겠습니다. 쉽게 말씀해 주십시오."

"인간의 몸은 신비로움으로 가득 차 있어요. 인간이 지닌 DNA는 조물주가 시샘을 했는지 시간의 제약을 받도록 만들어졌죠. 나이가 들면서 점점 기력이 약해지고 피부가 노화되는 것도 그런 원인이에요. 인간이 본래 가진 수명이 한정되어 있다는 거죠. 그런데 우진이는 다른 사람의 DNA를 주입하면서 부작용으로 그 수명이 대폭 줄어든 것 같아요."

"그럼… 결국 죽는단 말인가요? 그렇습니까!"

"지금으로서는 달리 방법이 없어 보이네요. DNA의 노쇠로 인한 손상이 시작되었다면 달리 막을 방법이 없어요. 노화는 신이 인간에게 준 저주거든요."

정세희로부터 사망 선고가 떨어지자 서현탁이 부들부들 떨기 시작했다.

이곳에 오면서 강도영을 살릴 방법이 있을지 모른다는 희망을 품고 있었다.

미리 연구가 중단되었다는 말을 들었지만 원인이 이곳에

있으니 어떤 실마리라도 찾아낼 수 있을 거라 생각했다.

하지만 강도영을 담당했던 정세희마저 절망에 찬 말을 하자 서현탁은 끝내 이성을 잃고 말았다.

"박사님, 지금 그걸 말이라고 하는 겁니까? 당신이 그랬잖아요. 우진이를… 이렇게 만든 건 당신들이라고. 죄 없는 우진이를 실험해서 젊은 나이에 죽게 만들어놓고 무책임하게 발뺌하겠다는 겁니까. 우진이는 이제 겨우 33살이란 말입니다!"

"서현탁 씨… 흥분을 가라앉히세요."

"우진이가 죽어가고 있다고요, 우진이가. 다른 사람들은 전부 부작용 때문에 실험을 그만뒀다면서요. 그러면 우진이도 하지 말았어야죠. 난 절대 가만있지 않을 겁니다. 우진이가 죽는다면… 난 당신들을 절대 용서하지 않을 거예요."

서현탁이 고함을 지르며 노려보자 정세희 박사의 표정이 급격하게 굳어졌다.

예전에 그녀가 알고 있던 강우진은 어리고 착한 아이였다.

하지만 지금은 대한민국을 넘어 아시아 최고의 슈퍼스타로 자리 잡은 영화배우였으니 이 사실이 노출되게 되면 미성연구소는 치명적인 타격을 입게 될지 몰랐다.

당연히 법적으로는 문제가 없다.

당사자의 친필 사인이 들어간 실험 허락서뿐만 아니라 비용 지불에 관한 자료까지 증빙할 수 있어 서현탁이 아무리 법적으로 문제를 삼아도 연구소가 책임질 일은 없을 것이다.

문제는 강도영이란 슈퍼스타의 죽음이 만들어낼 수 있는 무서운 사회적 압박이었다.

인간의 죽음을 담보로 한 실험은 법적으로는 몰라도 윤리적으로 절대 용납될 수 없었다.

하지만 그녀가 표정을 굳힌 채 멀거니 서현탁을 바라본 것은 눈앞에 있는 젊은 친구의 절절한 슬픔과 간절함 때문이었다.

"현탁 씨, 우진이는 스스로 삶을 변화시키고 싶어 했어요. 그렇다고 우리 연구소가, 그리고 내가 도의적인 책임을 지지 않겠다는 건 아니에요."

"그럼 책임지시면 되잖아요. 제발⋯ 우리 우진이 좀 살려주세요."

"방금 말한 것처럼 DNA의 노쇠를 치료할 방법은 없어요. 대신⋯⋯."

정세희가 말을 해나가다 입을 닫자 서현탁이 급하게 눈물을 훔치며 그녀를 쳐다봤다.

그녀는 입술을 깨물고 있었다.

뭔가 중대한 결심을 하기 위해 고민을 거듭하는 사람처럼.

"대신, 뭐요. 박사님⋯ 무슨 방법이라도 있는 겁니까?"

"⋯우리 연구소 보관 냉장창고에 그 당시 우진이에게 주입했던 DNA 샘플 세트가 하나 남아 있어요. 연구가 중단되었을 때 혹시 몰라서 내가 남겨놨던 거예요."

"그래서요?"

"우진이가 정말 그런 상태라면 수명이 얼마 남지 않았을 거예요. 나도 확신하긴 어렵지만 기적이 있다면 그 샘플 DNA가 우진이의 수명을 연장시킬 수 있을지 몰라요."

"그걸 맞으면 치료될 수 있다는 건가요?"

"나는 가능성을 말한 것뿐이에요. 나 역시 우진이가 그런 상태에 빠졌다는 게 너무나 안타까워요. 현탁 씨한테 그 말을 들었을 때 가슴이 철렁 내려앉는 줄 알았어요. 착한 우진이가 행복하게 살기를 바랐는데… 그렇게 되다니 정말 불쌍해요. 현탁 씨, 내가 생각해 낼 수 있는 방법은 그것밖에 없어요. 그 방법을 써도 우진이를 살려낼지 죽일지는 신만이 알겠죠. 그러니 우진이한테 가서 말하세요. 운명을 시험할 생각이 들면 이 번호로 전화하라고 하세요."

*　　　　*　　　　*

신은서는 화장대에 앉아 예쁘게 화장을 했다.

평소 같으면 전용 뷰티숍을 이용했겠지만 오늘은 손수 화장대에 앉아 정성껏 얼굴을 만졌다.

옷장을 열어 그녀가 가장 아끼는 옷을 입고 평소에는 신지 않던 구두까지 꺼냈다.

그들이 자주 가던 곳으로 나오라는 말을 했지만 강도영은 대답을 하지 않았다.

하지만 그녀는 나올 때까지 기다리겠다는 말만 남긴 채 전화를 끊어버렸다.

'베네치아'에 도착하자 낮인데도 어둠이 잔뜩 깔려 있었다.

이곳은 강도영과 데이트하기 위해 자주 찾은 곳인데 워낙 은밀한 곳에 위치하고 있어 손님이 별로 없는 연예인들만의 비밀 아지트였다.

더군다나 약속을 3시에 했기 때문에 가게는 텅 빈 상태였다.

창가에 앉았다.

그와 함께할 때는 언제나 사람들의 시선이 닿지 않는 복도의 마지막 룸을 이용했지만 오늘은 공원이 한눈에 내려다보이는 창가에 앉고 싶었다.

신은서는 턱을 괴고 창으로 내려다보이는 공원을 보면서 강도영을 기다렸다.

이미 시간은 30분이 지났지만 강도영은 나타나지 않고 있었다.

공원에서 뛰어놀던 아이들의 해맑은 모습을 지켜보다가 가

방에서 책을 꺼내 들었다.

그러고는 읽기 시작했다.

그녀가 좋아하는 서유경 작가의 '빙하'라는 소설이었다.

책을 읽는 속도는 빠르지 않았다. 그녀는 단어에 담긴 의미를 되새기며 책을 읽는 스타일이라 읽다 남은 소설을 전부 읽는 데 걸린 시간이 무려 3시간이나 걸렸다.

이미 창밖은 어둠 속으로 잠겨갔고 어느샌가 홀은 사람들로 가득 차 있었는데 많은 사람이 책을 읽고 있는 그녀를 바라보고 있었다.

슬그머니 책을 덮고 가방에 넣은 후 시선을 창밖으로 돌렸다.

사람들의 관심이 지금의 그녀에게는 너무나 낯설어 막연한 기다림만 아니었다면 자리를 뛰쳐나가고 싶었다.

웅성거림이 커지는 걸 보며 신은서는 귀를 틀어막고 싶다는 생각이 들었다.

제발… 나 좀 그냥 내버려 둬.

뚜벅, 뚜벅.

발소리, 그리고 커지는 사람들의 웅성거림에 신은서의 시선이 자연스럽게 창밖을 떠났다.

"잠깐 앉아도 될까요?"

부드러운 남자의 음성, 너무나 그리워했던 목소리에 신은서가 고개를 들어 남자를 바라봤다.

그러고는 천천히 눈을 감았다.

"아뇨, 여기에는 제가 사랑하는 사람이 앉을 거예요."

"당신이 사랑하는 사람이 누구죠?"

"있어요. 바보같이 멍청하고 자신만 아는 이기적인 사람이죠. 그리고 잘생겼어요, 당신처럼. 그러고 보니 목소리도 비슷하군요."

"혹시 그 사람과 헤어진 건 아니었나요?"

"우리가요? 절대 그럴 리 없어요. 그 사람은 제가 없으면 아무것도 못 하는 사람이거든요."

"당신 말대로 바보 멍청인가 보군요."

"맞아요."

"나는 그 사람이 헤어졌다고 하길래 그런 줄 알았는데 잘못 안 모양이네요."

"원래 그 사람이 그래요. 자기가 조금 아프다고 사랑하는 여자마저 보내야 한다는 어리석은 생각을 가졌거든. 그 사람은… 그렇게 하면 내가 행복해질 줄 알았나 봐요."

"조금 아픈 게 아니잖아요."

"죽는다고 해도 괜찮아요. 나는… 그 사람이 없으면… 절대 행복할 수 없으니까요. 그래서 헤어질 수 없어요."

"바보는 그 친구가 아니라 은서 씨군요."

"하루를 살더라도 그 사람 곁에 있을 거예요. 그 사람이 숨을 거둘 때까지 같이 보낼 수만 있다면 그것만으로도 내 삶을 후회하지 않을 자신이 있어요. 그러니까 가세요. 대신 그 사람 좀 보내줘요. 내가 보고 싶다고, 안아주고 싶어서 미칠 것 같다고 전해주세요… 흑흑."

신은서는 눈을 뜨지 않았다. 대신 고개를 숙인 채 아기 사슴처럼 뾰족하고 날카로운 울음을 쏟아내고 있었다.

그런 그녀를 강도영이 다가가 안아주었다.

가슴이 찢어질 것 같은 설움과 사랑, 그녀의 결정에 대한 안타까움, 그리고 자신이 죽는 순간 울게 될 그녀에 대한 미안함을 모두 담아서.

제57장
버스킹 I

　신은서는 예정한 대로 결혼을 강행하자고 고집을 부렸으나 강도영은 그것만큼은 안 된다며 강하게 거부했다.

　자신이 죽는다는 게 기정사실화된 이상 결혼까지 해서 그녀의 인생을 가로막는 건 절대 하고 싶지 않은 일이었다.

　대신 부탁을 했다. 먼 길 떠날 때까지 외롭지 않도록 옆에서 그저 지켜만 달라고.

　그것도 언제든 힘들면 그만둬도 된다는 말과 함께.

　그녀는 울면서 그렇게 하겠다고 했다.

　당신이 떠나는 길… 절대 혼자 외롭지 않도록 끝까지 지켜주겠다며 그녀는 강도영을 안고 등을 토닥여 줬다.

서현탁에게서 전화가 온 건 그녀와 헤어지고 집으로 돌아올 때였다.

급한 목소리.

놈은 뭐가 그리 급했던지 음성이 갈라져 나왔는데 흥분으로 인해 목소리까지 떨리고 있었다.

ㅡ어디냐?

"지금 집으로 들어가는 길이야."

ㅡ알았어, 내가 집으로 갈 테니까 기다리고 있어.

"무슨 일인데 그래?"

ㅡ나 오늘 정세희 박사님 만났다. 너한테 꼭 해줄 얘기가 있으니까 조금 이따가 봐.

운전 중인 모양이었다.

서현탁은 용건만 던지고 전화를 끊어버렸는데 액셀러레이터 밟는 소리가 요란하게 들리는 걸 보니 엄청 서두르는 것 같았다.

집에 들어와 샤워를 하고 소파에 앉아 텔레비전을 향해 멍하니 시선을 던졌다.

하지만 눈과 귀로 아무것도 들어오지 않았다.

정세희 박사를 만났다면서 미친 듯 달려오는 서현탁의 모습을 상상하자 오한으로 인해 몸이 저절로 떨려왔다.

과연 그녀는 무슨 말을 해줬을까.

서현탁이 잔뜩 흥분한 것을 보면 살 수 있는 길이 생긴 건지도 모른다.

가능성이 없다고 봤다.

중단된 연구였으니 그를 위해 다시 연구를 시작한다는 건 말이 되지 않았고 김홍순 박사의 말대로 자신의 상태가 의학계에 보고조차 되지 않은 불치병이라면 정세희 박사라도 뾰족한 수가 없다고 생각했다.

그런데 서현탁은 마치 뭔가 있는 것처럼 흥분을 숨기지 못했다.

문이 벌컥 열리며 놈이 뛰어들어 온 것은 텔레비전에서 요즘 한참 인기를 끌고 있는 드라마가 막 시작하려는 순간이었다.

"도영아!"

신발을 벗어던지자마자 달려드는 서현탁을 바라보며 강도영이 소파에서 벌떡 일어섰다.

평소 같았으면 타박을 했을 테지만 지금은 그럴 여유가 전혀 없었다.

"정세희 박사님을 만났어?"

"그래."

"…내 이야기 했냐?"

"응, 했다. 김홍순 박사님한테 들은 거 그대로 이야기했어. 그리고 네가 아픈 증상도 정확하게 말해줬다."

"그랬더니?"

"그분도 치료 방법이 없다고 하더라. 그래서 내가 지랄 발광을 했다. 사람을 죽게 만들어놓고 무책임한 소릴 한다고 소리를 고래고래 질렀어."

"이 자식아, 그렇게 말씀하시면 그냥 돌아와야지 왜 거기서 행패를 부려!"

"다급해서 그랬다. 여기서 그냥 물러나면 정말 네가 죽을 수도 있잖아."

"으… 이 미친놈……."

강도영이 서현탁을 바라보며 긴 신음을 흘렸다.

저놈 성격에 충분히 그랬을 것이다. 자신의 죽음을 누구보다 안타까워하는 놈이었으니 처음 보는 정세희 박사가 그에게 어떤 존재인지 생각할 겨를이 없었던 게 분명했다.

그럼에도 그래서는 안 되는 일이었다.

자신의 죽음은… 그녀 때문에 벌어진 일이 아니다.

가슴이 아팠다.

자신의 정체를 알았으면서도 행복을 빌어주던 그녀의 뒷모습을 바라보며 죄송함과 부끄러움을 숨기지 못했는데 서현탁이 그런 정세희 박사를 협박했다는 소릴 듣자 얼굴이 붉게 물들어갔다.

하지만 서현탁은 그런 강도영의 변화에 대해 전혀 신경 쓰지 않고 주머니에서 뭔가를 꺼내 들었다.

여전히 그의 손길은 다급함으로 물들어 있었다.

"이거 받아라."

"이게 뭔데?"

"정세희 박사님 핸드폰 번호."

"이걸 왜 가져왔어?"

"그분은 마지막 방법으로 유전자 성형을 제의하셨어. 예전에 너에게 주입했던 DNA가 보관용으로 1세트 남아 있다고 하시더라. 박사님은 네 증상이 유전자의 수명이 다 되었기 때문인 것 같다면서 남아 있는 DNA로 유전자 성형을 받아보자고 했어."

"…그러면 살 수 있다는 거냐?"

"추측일 뿐, 유전자를 새롭게 공급받는다고 해서 네 죽음을 막는 보장은 없다고 말씀하더군. 하지만 이것만이 유일한 방법이라고도 했다. 박사님은 결심이 서면 전화하라고 이 번호를 줬어. 도영아, 우리 하자. 어차피 죽을 거라면 지푸라기라도 잡아봐야 되지 않겠냐?"

망설이지 않았다. 아니, 오히려 간절히 매달리고 싶었다.

그랬기에 서현탁의 말을 듣자마자 곧바로 전화를 해서 정세희 박사에게 유전자 성형을 다시 받게 해달라고 부탁을 했다.

그러나 정세희 박사는 내일부터라도 유전자 성형을 시작해 달라는 그의 부탁을 거절하고 꼼꼼하게 관련 서류부터 챙겼다.

먼저 김홍순 박사의 소견서를 첨부시켜 달라는 것과 강도영의 친필 사인이 들어간 성형 요청서, 그리고 이 시술이 잘못되었을 경우 아무런 법적 책임도 묻지 않겠다는 확인서 등이었다.

그랬기에 강도영은 의아해하는 김홍순 박사를 설득해서 자신의 상태에 관한 소견서를 받았고 정세희 박사가 요구하는 서류들을 차례대로 작성한 후 그녀에게 전화를 걸어 시술 날짜를 잡았다.

섭섭하지는 않았다. 어차피 그녀는 자신이 불쌍해서 모험을 하는 것이었으니 오히려 고마워해야 한다.

장소는 연구소가 아니라 호텔이었다.

일반 성형수술과 다르게 유전자 주입은 주사만 놓으면 간단히 끝나는 작업이라 굳이 연구소까지 갈 필요가 없었고 얼굴을 노출시켜 다른 사람들이 보게 만들 이유도 없었다.

호텔에 서현탁과 먼저 도착해서 30분 정도 기다리자 그녀가 간단한 가방을 들고 들어섰다.

그녀의 표정을 밝지 않았다.

오래전 스스로 원해서 유전자 성형을 했지만 그로 인해 죽음을 눈앞에 둔 강도영을 보자 불쌍한 마음이 들었다.

또 하나의 이유는 자신이 들고 온 DNA 주사를 다시 맞는다 해도 강도영의 상태가 호전된다는 확신이 없었다.

아니, 그녀가 생각하고 있는 가능성은 1%도 되지 않는다.

다시 말해 강도영의 생존 가능성은 거의 희박하다는 뜻인데 그럼에도 그녀가 이렇게 호텔에까지 온 것은 마지막 희망을 주고 싶었기 때문이다.

"우진아, 괜찮니?"

"예. 아직은 괜찮아요."

"그래……."

그녀가 말끝을 흐렸다.

김홍순 박사의 소견서와 DNA 손상 상태를 확인하는 순간 그녀는 손을 부들부들 떨었다.

단순하게 20%의 손상이라고 보기에는 상태가 너무 안 좋았기 때문이다.

인간의 DNA는 3%만 손상을 입어도 암세포로 변이되면서 생명을 위협받게 되는데 강도영의 상태는 살아 있는 게 신기할 정도로 심한 상태였다.

정세희 박사가 더욱 이해할 수 없는 것은 이렇게 심하게 손상이 된 상태에서도 다른 특별한 발병이 생기지 않고 있다는 것이었다.

하지만 그것이 더 위험하다는 것도 안다.

DNA의 손상이 견딜 수 없는 임계점을 지난다면 그의 몸은 순식간에 악화되며 단박에 목숨을 잃을지도 모른다.

수많은 말을 하고 싶었으나 정세희 박사는 미안한 얼굴로 자신을 바라보는 강도영에게 어떤 말도 하지 못했다.

위로조차 할 수 없을 정도로 미안했다. 비록 그것이 강도영의 선택이었다 하더라도 실험을 주도한 것은 그녀였으니 만약 그가 죽는다면 한동안 죄책감으로 인해 고통 속에서 살아가야 할 것이다.

정세희 박사는 호텔에 오래 있지 않았다.

그저 묵묵히 1단계 DNA만 주입시킨 후 2주 후에 보자는 말을 남기고 방문을 나섰다.

시간은 금방 지나갔다.

마지막 7단계 주사까지 모두 맞는 동안 예전처럼 부작용은 나타나지 않았다.

정세희 박사는 마지막 주사까지 놓은 후 한동안 강도영의 얼굴에서 시선을 떼지 못한 채 회한에 젖었다.

"우진아, 앞으로 너에게 어떤 일이 생길지 나는 아무런 장담도 하지 못하겠어. 하지만 나는… 간절히 바라고 있단다.

네가 다시 회복해서 행복하게 살아갔으면 좋겠어. 내가 더 해줄 수 있는 게 아무것도 없어서 정말 미안해."

"박사님, 고맙습니다. 이 고마움, 제가 죽는다 해도 절대 잊지 않을 거예요. 저도 박사님께 꼭 드리고 싶은 말이 있었습니다."

"그게 뭐니?"

"만약 제가 죽어도 죄책감 갖지 않았으면 해요. 이것이 제 운명이라면 그건 박사님 때문이 아니에요. 저에게 이런 삶을 살게 만든 건 신의 뜻이니까 박사님은 저에게 어떤 미안함도 가질 필요가 없어요."

*   *   *

유전자 성형을 받은 후 3차례나 다시 DNA 검사를 받았으나 오히려 점점 악화되고 있다는 소리만 들었다.

손상률은 이제 23%에 달하고 있었는데 김홍순 박사는 점점 나빠지는 강도영의 상태를 보면서 어두운 표정을 지우지 못했다.

몸에 이상이 생긴 것은 병원에서 마지막 DNA 검사를 받은 후 꼭 한 달째 되는 날이었고 '청룡'의 개봉을 일주일 앞둔 3월의 마지막 날이었다.

시사회에서 관객들에게 인사를 하며 바쁜 하루를 보냈고 신은서와 달콤한 데이트를 즐긴 후 집으로 돌아왔는데 자정 무렵 침대에 누웠을 때부터 열이 급격하게 오르기 시작했다.

이전에 나타났던 증상과는 판이하게 달랐다.

온몸이 칼로 찌르는 것처럼 아팠고 호흡도 가빠져 제대로 숨을 쉴 수가 없었다.

특히 복부를 창에 관통당한 것처럼 피어오르는 통증은 데굴데굴 굴러다닐 정도로 견디기 힘든 것이었다.

처음에는 참았으나 더 이상 견디기 힘들 때 서현탁에게 전화를 걸었다.

새벽 4시.

신호는 계속 갔으나 서현탁은 쉽게 전화를 받지 않았다.

잠이 깊게 든 시간이었기 때문일 것이다.

딸깍.

신호가 떨어지는 소리와 함께 서현탁의 목소리가 흘러나왔다. 아직 잠이 덜 깬 사람처럼 그의 목소리는 무척이나 탁했다.

"현… 탁… 아……."

이름밖에 부르지 못했다.

온몸을 장악해 버린 통증은 입 밖으로 간신히 그 말만 할 수 있도록 허락했다.

―도영아, 무슨 일이야. 도영아!

수화기 저쪽에서 서현탁이 미친놈처럼 소리 지르는 게 들렸으나 강도영은 배를 움켜쥐고 누에고치처럼 몸을 웅크렸다.

정신이 살아 있는 게 신기하다.

차라리 정신을 잃었더라면 이런 고통을 맛보지 않았을 텐데 생생하게 살아 있는 정신은 고스란히 통증을 얻어맞으며 점점 지쳐가고 있었다.

서현탁이 문을 박차고 뛰어든 것은 전화를 끊고 30분이 채 지나지 않았을 때였다.

그의 얼굴은 강도영의 상태를 본 후 하얗게 질렸는데 침대보가 피에 젖어 있는 게 보였기 때문이다.

너무 놀라 강도영을 뒤집자 입가가 온통 피투성이였다.

"도영아, 이 새끼야. 어디가 아픈 거야!"

서현탁이 소리를 질렀으나 강도영은 아무 말도 하지 못하고 온몸을 웅크린 채 벌벌 떨어댔다.

미친놈처럼 강도영을 업고 달려 나간 서현탁은 곧장 S대병원으로 차를 몰아갔다.

시체나 다름없었다.

차를 몰면서 입에 묻은 피를 훔치자 고통을 참느라 얼마나 깨물었는지 입술에서 아직도 피가 스멀거리며 새어 나오고 있었다.

병원으로 가면서 김홍순 박사에게 전화를 한 후 도착하자마자 강도영을 업고 응급실로 뛰었다.

새벽 5시의 응급실은 한산했다.

환자들이 여기저기 침대에 누워 있는 게 보였으나 대부분 수면에 빠져 있는 상태였고 의사는 보이지도 않았는데 간호사 두 명만 책상에 앉아 있을 뿐이었다.

"간호사님, 여기 환자요! 급합니다!"

"무슨 일이시죠?"

"갑자기 아파서 정확히는… 잠깐만요. 제가 부원장님 바꿔드릴게요."

서현탁이 부랴부랴 휴대폰을 꺼내 김홍순 박사에게 전화를 건 후 바꿔주자 간호사의 표정이 긴장으로 굳어졌다.

그녀는 뭔가 지시를 받았는지 뛰어나가더니 의사와 남자 간호사를 대동하고 들어와 강도영이 누운 응급실 침대를 다른 곳으로 옮기기 시작했다.

응급실과 얼마 떨어지지 않은 병실이었다.

뒤늦게 강도영의 정체를 확인한 의사와 간호사들은 기절하기 일보 직전의 표정을 숨기지 못했다.

마른하늘에 날벼락이라더니 이런 새벽에 슈퍼스타 강도영이 피투성이가 되어 병원으로 들어올지 누가 알았겠는가.

그럼에도 그들은 김홍순 박사의 지시에 따라 진통제를 처방해서 강도영을 고통으로부터 벗어나게 만들어주었다.

서현탁의 전화로 이승환이 먼저 달려왔고 윤철욱과 신은서가 뒤늦게 병원 문을 박차고 들어섰다.

강도영은 그 고통 속에서도 가족들에게는 절대 알리지 말라고 했기 때문에 강성두와 정영숙에게는 전화를 하지 못했다.

김홍순 박사는 진통제로 인해 잠에 빠져든 강도영의 몸을 체크하면서 연신 고개를 흔들었다.

체온을 재자 39도까지 오른 상태였고 배를 만지자 잠에 빠진 상태에서도 고통 때문인지 몸을 움찔거리는 게 느껴졌다.

수면 속에서도 이런 고통을 느낀다는 건 그 통증의 강도가 대단하다는 걸 의미했다.

이승환과 윤철욱은 얼굴을 일그러뜨린 채 어쩔 줄 몰라 했는데 지금까지 강도영의 상태를 정확하게 몰랐기 때문이다.

강도영이 워낙 자신의 상태에 대해서 비밀을 지켰기 때문에 그가 아프다는 걸 아는 사람은 서현탁과 신은서가 전부였다.

신은서는 잠에 빠져 있는 강도영의 손을 붙잡은 채 연신 눈물을 흘리기만 했다.

그녀는 한 손으로 자신의 가슴을 부여잡고 있었는데 마치 강도영의 고통을 나눠 갖기라도 하려는 것 같았다.

강도영에 대한 정밀 검사는 그날 오후 늦게부터 시작되었다.

하루 종일 아무것도 먹지 않았기 때문에 관장을 통해 대장을 완전히 비운 후 곧바로 검사에 들어갔다.

전신을 샅샅이 훑은 김홍순 박사의 얼굴은 흑색으로 물들어갔다.

내시경을 통해 살펴본 위와 대장은 물론이고 폐와 간까지 암세포가 나타나고 있었기 때문이다.

DNA의 손상이 커지면서 예상했던 임계점이 한계를 넘어섰다는 뜻이었다.

*   *   *

"암이라고요? 어디에요!"

어두운 얼굴로 설명하는 김홍순 박사를 향해 서현탁이 덜덜 떨면서 물었다.

옆에 앉은 신은서는 충격 때문인지 아무 말도 못 한 채 울음을 터뜨리기 시작했는데 정신이 나간 사람처럼 보였다.

그러나 김홍순 박사의 지독한 통보는 그들의 기대와는 다르게 더욱 무서운 것이었다.

"어디가 아닙니다. 특정 부위가 아니라 온몸에서 동시다발적으로 나타났어요. 간, 폐, 위, 대장은 말할 것도 없고 심지어 혈액에까지 침투된 상태예요. 쉽게 말하면 도영 씨의 신체 전부가 암세포로 전이된 실정입니다."

"박사님, 그럼… 그럼 어떻게 되는 겁니까. 치료는 할 수 있는 건가요?"

"지금으로서는 초기 단계지만 전신에서 나타났기 때문에 수술은 불가능한 상태고 방사선 치료만 가능해요. 그러나 완치를 기대하기는 어렵군요. 도영 씨의 발병 원인이 근본적으로 DNA 손상에서 비롯된 것이기 때문입니다."

"그래도 치료는 해봐야죠. 기적이란 게 있을 수 있잖아요."

"그건 그런데… 휴우, 의사로서 뭐라고 말씀드리기 어려운 일이군요. 현탁 씨도 알고 있겠지만 방사선 치료를 시작하게 되면 도영 씨는 더 이상 배우 활동을 할 수 없을 뿐만 아니라 남은 삶을 병원에서 지내야 될 거예요."

"크윽……."

김홍순 박사의 말에 서현탁은 목구멍이 막힌 사람처럼 컥컥댔다.

돌려서 말을 했지만 결국은 앉아서 죽음을 기다리란 말이었기 때문이다.

살리고 싶었다. 간절하게…….

마지막 희망을 가지고 찾아갔던 정세희 박사의 도움을 받아 유전자 성형을 받았지만 강도영의 몸은 점점 나빠만 졌을 뿐 아무런 효과도 발휘하지 못하고 있었다.

이런 상태에서 김홍순 박사가 절망적인 말을 내뱉자 서현탁은 흘러내리는 눈물을 멈추지 못하고 그저 책상을 부여잡은 채 몸을 떨어댔다.

옆에 앉아 있던 신은서는 이미 몸을 길게 늘어뜨리고 있었는데 정신적인 충격과 슬픔으로 인해 제대로 몸을 가누지 못하는 중이었다.

그런 두 사람을 보며 김홍순 박사가 헛기침을 했다.

의사로 살아오면서 수많은 슬픔과 절망을 눈으로 봐왔지만 이런 경우가 생길 때마다 미안함은 언제나 온전히 그의 것이었다.

그럼에도 의사는 언제나 최선을 다해야 한다.

환자의 가족들에게는 냉정하게 들릴지 모르겠지만 의사는 최선의 방법을 조언해 주는 것이 본분임을 잊으면 안 된다.

"도영 씨의 통증이 가라앉으면 상의하고 결과를 알려주세요. 그러나 의사로서 나는 치료를 권하고 싶지 않다는 걸 미리 말씀드립니다."

*   *   *

강도영의 통증은 3일 동안 지속되다가 서서히 멈췄다.

병원에 있었던 시간 내내 진통제에 의지해야만 버틸 정도로 그의 육신을 괴롭혔던 통증은 언제 그랬냐는 듯이 거짓말처럼 사라졌는데 그 이유에 대해서는 의사도 알지 못했다.

통증이 멈추고 정신이 돌아오자 강도영은 병상 옆에 서 있던 사람들을 향해 미안한 표정을 숨기지 않았다.

그가 입원해 있는 동안 병원에 다녀간 사람은 오직 네 사람뿐이었다.

강도영이 아프다는 것을 안 이후 서현탁은 당분간 배우 생활을 중단하고 자신이 직접 매니저를 하겠다며 버텼기 때문에 이곳에 온 사람은 이승환과 윤철욱, 신은서가 전부였다.

철저하게 비밀로 취급하며 버텼다.

김홍순 박사에게 부탁해서 검사에 참여했던 소수의 몇 사람을 빼고는 병원 관계자들도 단순 과로라고 알 정도였다.

그러나 강도영의 입원이 언론에 알려지기 시작한 것은 그리 오래 걸리지 않았다.

불과 하루 만에 냄새를 맡은 기자들이 벌 떼처럼 달려들었는데 병원 측에서 단순 과로 때문이라고 알려줬지만 언론은 강도영을 직접 보지 못하면 믿지 못하겠다며 병원 주변을 철통같이 에워싼 채 돌아갈 기미를 보이지 않았다.

경험이 그들을 그렇게 만들었다.

이전에도 병에 걸린 스타들이 병원 측에 부탁해서 단순 과로라며 속였기 때문에 뒤통수를 맞은 게 한두 번이 아니었다.

눈에 보이는 사실은 억측을 낳으며 전 방위적으로 각종 언론이 내뱉은 기사들을 통해 세상으로 퍼져 나갔다.

〈슈퍼스타, 강도영 입원하다〉

제목은 자극적이지 않았으나 그 속에 들어 있는 기사들은 강도영의 갑작스러운 입원을 들먹이며 의문으로 가득 차 있었다.

아무리 입막음을 했어도 새벽에 강도영이 피를 흘리며 응급실에 들어왔다는 사람들의 진술은 기자들을 초비상 상태로 만들기에 충분한 것이었다.

기자들을 막기 위해 이승환과 윤철욱은 전력을 다했다.

그들은 강도영이 입원했을 때부터 병원에서 살다시피 했는데 서현탁으로부터 상태를 전해 들은 후로는 아예 집에 들어가지 않았다.

그들 역시 충격에 빠져 쉽게 헤어 나오지 못했다.

페이스란 회사의 운명이 강도영에게 달려 있다는 것은 뒷

전이었고 그들은 인간으로서의 강도영을 불쌍하게 여기며 아낌없이 눈물을 흘렸다.

문병 오겠다는 사람들을 막은 것도 그들이었다.

이승환은 일급 비상령을 가동시킨 채 강도영의 신변을 언론은 물론이고 지인들에게까지 철저히 차단했는데 단순한 감기라서 금방 퇴원한다며 사람들을 설득했다.

지금 병상을 지키고 있는 건 서현탁뿐이었다.

이승환과 윤철욱은 기자들이 몰려드는 순간부터 그들을 막느라 정신이 없었고 신은서는 촬영 때문에 어쩔 수 없이 자리를 비운 상태였다.

"다들 나 때문에 고생이 많네. 우리 가족한테는 뭐라고 했니?"

"사장님이 오지 말라고 하셨어. 기자들이 너무 많아서 오시면 고생한다고… 너는 감기라고 했다."

"믿으셔?"

"막무가내로 오시겠다는 걸 겨우 막았어. 어머니께서 기사를 보고 걱정을 많이 하시더라."

"잘했다."

"이제 정말 아프지 않아?"

"응."

강도영이 힘없게 대답하자 서현탁의 눈이 또다시 붉게 물

들어갔다.

언제나 밝게 웃던 친구의 모습은 완연한 병자의 모습이었다.

낯설다. 그리고 가슴이 미어지는 것처럼 아프다.

그럼에도 서현탁은 입술을 지그시 깨물고 강도영을 향해 천천히 입을 열었다.

"도영아, 너에게 알려줄 게 있어."

"말해."

"검사 결과가 나왔는데… 크윽, 씨발. 네 몸에 암세포가 생겼단다."

"이 자식아… 울지 마라. 사내새끼가 왜 자꾸 계집애처럼 울고 그래. 어차피 각오하고 있었던 거잖아. 그래, 암이 어디에 생겼다냐?"

"어디가 아니라 전부… 네 몸 전체에……."

"전부라고?"

"김홍순 박사가 너랑 상의해서 결과를 알려달라고 그러더라. 그분은 방사선 치료를 받으면 초기라서 고칠 수 있다고 했어. 도영아, 우리 치료받자."

"현탁아, 김 박사님이 정말 그렇게 말했어?"

"그렇다니까."

"넌 그래서 어떻게 배우 짓을 하냐. 눈이 떨리는 게 꼭 지진 난 것 같잖아, 인마."

"······."

"의학 상식이 없는 나도 내 상태가 지랄 같다는 걸 알겠다. 간이나 폐도 아니고 내 몸 전체가 암 덩어리라는 건데 치료는 무슨 치료를 해. 빨리 솔직하게 불어. 김 박사님이 뭐라고 그러디?"

"도영아, 방사선 치료를 받으면 더 버틸 수 있어. 하루라도 오래 살려면 치료받아, 이 새끼야!"

"내가 말했잖아. 나머지 삶을 후회 없이 살다가 죽으면 좋겠다고. 얼마 남지 않은 삶을 가능성 없는 치료에 허비할 수는 없어. 그러니까 솔직히 말해. 박사님이 한 말을 토씨 하나 빼먹지 말고 말하란 말이야."

어느새 몸을 반쯤 일으킨 강도영이 서현탁을 향해 소리를 조금 높였다.

아직 회복이 되지 않은 상태였지만 그는 자신의 상태를 정확히 알고 향후의 거취를 결정하겠다는 강한 의지를 나타냈다.

그랬기에 서현탁은 눈물 속에서 천천히 김홍순 박사의 검진 결과를 그에게 설명해 줬다.

마지막 말은 제대로 들리지 않았다.

서현탁이 결론을 말하며 오열을 터뜨렸기 때문이다.

그런 서현탁을 강도영은 침묵 속에서 지켜봤다.

바보 같은 놈. 울긴 왜 울어. 아직… 내가 죽은 것도 아닌데.

*   *   *

강도영이 병원을 벗어난 것은 불과 5일 만이었다.

통증에서 벗어나 제대로 된 식사를 하면서 휴식을 취하자 금방 정상으로 회복되었는데 퇴원을 하겠다는 강도영의 주장을 김홍순 박사는 억지로 막지 않았다.

의사 생활 30년 동안 강도영의 증상은 온통 기적의 연속이었고 불가사의투성이였다.

병 자체도 전례가 없는 것이었지만 금방 죽어도 이상할 게 전혀 없는 상태였음에도 강도영은 정상인과 다르지 않게 자리를 떨치고 일어났다.

이전에는 특별한 병세가 보이지 않았기 때문에 그런가 보다 하며 이해했다.

하지만 지금은 암세포가 전신에 퍼지고 있는 상태라 신체적으로도 문제가 생겨야 정상인데 강도영은 이틀의 휴식을 취하자 확연하게 생기를 되찾고 있었다.

이승환이 지휘하는 페이스 직원들의 호위를 받으며 강도영은 수많은 기자의 숲을 뚫고 병원을 빠져나왔다.

기자들은 강도영의 말을 듣기 위해 몸부림을 쳤지만 다른 때와 달리 곧장 차를 타고 집으로 이동했다.

이제 억측을 낳던 기사는 강도영이 건강한 상태로 손을 흔드는 사진이 게시되는 순간 세상에서 사라지게 될 것이다.

교대하듯 서현탁이 사라진 것은 신은서가 집 안으로 들어서는 걸 확인한 후였다.

그는 입원했던 5일 내내 한 번도 자리를 비우지 않고 강도영의 곁을 지켰는데 세면은 물론이고 속옷까지 병원에서 해결했을 정도였다.

신은서는 양손에 가득 먹을거리를 싸 들고 들어왔다. 주로 강도영이 좋아하는 것들이었다.

"도영 씨, 오늘 저녁에 맛있는 삼계탕 해줄게."

"은서 씨, 삼계탕 끓일 줄 알아?"

"당연하지. 나 음식 잘해."

"음… 그건 처음 듣는 소린데……."

"이씨, 정말이야. 도영 씨 몸보신시켜 줄려고 어제 엄마한테 배웠어."

"호오, 기대되는걸. 그런데 짜면 안 돼. 병원에서 짠 거 먹지 말라고 했어. 저번에 은서 씨가 끓인 김치찌개는 완전 소금이었다고."

"걱정하지 마. 오늘은 아예 조미료 안 칠 거니까."

"그럼 맛있을까?"

"어라, 이 남자가 자꾸 긴장되게 만드시네. 자꾸 그러면 자신감이 떨어지잖아."

"그럼 이렇게 하자. 은서 씨가 물만 끓이고 거기 사 온 닭만 넣어. 그러면 나머지는 내가 할게."

"히힛, 그거 좋은 방법이네. 그래도 삼계탕은 내가 한 거다, 알았지?"

보는 것만으로도 눈물이 나올 것 같았지만 신은서는 애써 밝은 표정을 지었다.

이렇게 곁에 있으면 행복해서 미칠 것 같은데 눈앞에 서 있는 이 남자의 생명은 점점 꺼져가고 있었다.

신은서는 장을 봐온 음식들을 식탁에 풀고 본격적으로 삼계탕 준비에 들어갔다.

미리 공부해 왔다고 하지만 그녀는 모든 것이 서툴렀다.

마트에서 샀기 때문에 닭이 깨끗하게 손질되었음에도 그렇다.

낑낑대며 각종 재료를 썰고 다듬어 닭의 배 속에 집어넣는 것을 보면서 강도영은 웃음을 숨기지 못했다.

그녀는 닭을 만질 때마다 전전긍긍하고 있었는데 처음 해 보는 게 분명했다.

그럼에도 강도영은 그녀를 도와주지 않고 지켜만 봤다.

신은서의 모든 것이 사랑스러워 당장에라도 그녀를 안아주고 싶었지만 필사적으로 참았다.

어찌어찌 끓는 물에 닭이 들어가고 난 후 약속한 것처럼 본격적으로 강도영이 나서서 국물을 우려냈고 다른 반찬들을 준비했다.

둘만이 오붓하게 앉아 먹는 저녁은 너무나 즐겁고 행복했다.

영원히 이렇게 살 수만 있다면 얼마나 좋을까.

하지만 강도영은 고개를 흔들며 그런 생각들을 지우기 위해 노력했다.

자신이 행복해할수록 신은서가 받아야 할 고통이 더욱 커진다는 걸 알기 때문이다.

그녀의 입에서 우려했던 말이 나온 것은 저녁을 먹고 나란히 앉아 차를 마실 때였다.

"도영 씨, 나 이번 촬영만 끝나면 당분간 일을 쉴 거야."

"그러지 마. 나 때문에 그럴 필요 없어."

"아니, 내가 그러고 싶어. 당신 곁에서 당신을 지키며 살 수만 있다면 난 무슨 짓이라도 할 수 있어. 그러니까 나한테 그런 소리 하지 마."

"은서 씨, 난 지금 이대로가 좋아. 은서 씨가 나 때문에 일을 그만둔다면 내가 더 비참해질 것 같아. 그러기를 바라는 거야?"

"왜, 왜 내가 옆에 있는데 도영 씨가 비참해져. 그걸 말이라고 해!"

"미안해."

"뭐가 미안한데… 내가 말했잖아. 당신 갈 때까지 외롭게 만들지 않겠다고. 정말 나를 위한다면 더 오래 살아주면 돼. 그게 나를 위하는 길이야. 촬영 끝나는 대로 짐 싸서 들어올 거니까 말릴 생각하지 마. 계속 나를 말리면 내가 먼저 죽어버릴 테니까 알아서 해. 왜 눈을 감고 있어. 내 말 들은 거야?"

*　　　　*　　　　*

퇴원하고 한 달 동안 아무 일도 하지 않았다.

이승환은 예정되어 있던 스케줄을 모두 취소하거나 연기해 버렸기 때문에 강도영은 집 밖으로 나갈 일이 별로 없었다.

그 대신 사람들이 번갈아 가며 집에 들락거렸다.

서현탁과 신은서는 물론이고 김동혁 감독과 유혁, 영화에 같이 출연했던 스태프와 배우들까지 방문하거나 전화를 걸어왔다.

그동안 영화 '청룡'이 개봉되면서 폭발적인 반응을 불러일으켰다.

'광개토대제'에 이어 '청룡'은 대한민국을 전부 들썩이게 만들었는데 개봉 후 3주 차에 이미 천만을 훌쩍 넘는 스코어를 기록하고 있었다.

언론에서는 연신 '청룡'의 흥행을 집중 조명하며 김동혁 감독과 출연 배우들의 인터뷰가 이어졌다.

흥행 머신, 김동혁 감독은 연달아 3개의 영화를 전부 흥행시켜 전무후무한 기록을 만들어냈기 때문에 온종일 기자들에게 시달렸다.

하지만 가장 커다란 이슈는 강도영이었다.

영화의 주인공으로서 세간의 관심을 한 몸에 받은 강도영의 부재는 기자들을 안달 나게 만들기에 충분했다.

그 누구도 강도영을 만날 수 없었다.

영화와 관련된 모든 사람이 인터뷰 대상이 되었지만 강도영만큼은 집 안에서 나오지 않았기 때문에 그 누구도 인터뷰를 하지 못했다.

그렇다고 해서 강도영의 신드롬이 멈췄다는 건 아니었다.

국내는 물론이고 '청룡' 역시 광개토대제처럼 아시아와 미국, 심지어 유럽에서까지 동시 상영을 했는데 강도영의 격정적인 연기에 해외 언론에서는 연일 극찬이 쏟아지고 있는 중이었다.

강도영은 한 달 동안 쉬면서 남은 삶을 어떻게 살아야 할지에 대해 고민을 거듭했다.

온몸에 암세포가 자라고 있는 상태.

6개월마다 찾아오는 통증은 마치 기간을 정해놓고 찾아오는 낯선 방문자와 같았지만 그나마 다행인 건 고통의 시간이 지나면 이렇게 정상적으로 살 수 있다는 것이다.

얼마나 될지 모르나 너무나 다행스러운 일이었다.

남은 삶을 최선을 다해 살겠다는 결심이 서는 순간 해야 할 일들에 대해 많은 고민을 할 수 있었으니 말이다.

그가 내린 결론은 오직 두 가지뿐이었다.

하나는 소중한 사람들과 남은 시간 동안 추억을 만드는 것이었고 다른 하나는 사회적으로 소외받는 불쌍한 사람들을 위해 시간을 쓰겠다는 것이었다.

서현탁은 자신이 뱉은 말을 지키며 매일같이 아침이면 강도영의 집으로 출근했다.

이승환도 처음에는 강하게 반대했지만 강도영의 상태를 알고 수긍했기 때문에 서현탁은 매니저 역할을 충실하게 수행하고 있었다.

둘의 일상은 거의 똑같았다.

붙어 앉아 영화를 보면서 낄낄대거나 노래를 불렀고 강도영이 바둑을 두는 동안 서현탁은 컴퓨터 게임을 하면서 시간을 보냈다.

만약 기자들이 이 사실을 알았다면 아마 분노로 인해 거품을 물었을 게 분명했다.

강도영이 서현탁을 향해 불쑥 입을 연 것은 게임에서 진 그가 툴툴거리며 화장실에 다녀올 때였다.

"현탁아, 우리 노래하자."

"안 돼. 나 저놈한테 복수해야 해. 저놈 꼼수에 안타깝게 졌단 말이야."

컴퓨터 화면에 떠 있는 아이디를 가리키며 서현탁이 씩씩댔다.

나이가 34살이고 두 아이의 아빠면 뭐 해. 게임에 졌다고 이렇게 신경질을 내는 걸 보면 아직도 새파란 청춘이다.

"인마, 그냥 노래하자는 게 아니라 버스킹을 하자는 거야."

"버스킹? 거리에서 노래 부르는 거?"

"그래."

"그걸 우리가 왜 해?"

"그거 해서 우리 성금 모으자. 우리가 공연하면 성금 많이 모일 거야."

"네가 하면 되는 거지, 왜 내가 껴. 난 노래도 못 부르잖아."

"넌 이 자식아, 드럼 치라고. 기타만 가지고는 효과가 적으니까 네가 뒤에서 드럼 쳐줘."

"하이고, 환장하겠네. 네가 기타 치는 바람에 얼떨결에 취미로 한 건데 그 실력으로 사람들 앞에 어떻게 나서. 말이 되는 소릴 해, 인마."

"네 실력이면 충분해. 어려운 곡들도 아니니까 조금만 연습하면 된다. 나머지는 내가 사장님한테 말해서 준비해 달라고 할 거야."

"이놈이 정말 할 모양이네."

"그럼 장난인 줄 알았어?"

"야, 불쌍한 사람 돕는 거라면 차라리 콘서트를 열어. 네가 나서면 한 방에 몇백억씩 들어오는데 미쳤냐, 길거리에 나가게. 왜 말도 안 되는 소릴 자꾸 해, 사람 답답하게. 그리고 네 몸을 생각해야지. 언제 아플지 모르잖아!"

맞는 말이다.

슈퍼스타 강도영이 콘서트를 열면 한 번에 수백억의 수익이 들어온다.

더군다나 온몸이 암세포에 잠식된 놈이 버스킹을 한다는 말을 듣자 기가 막혀 제대로 말이 나오지 않았다.

하지만 강도영은 서현탁의 말을 들으며 묘한 웃음을 짓기만 했다.

"내가 생각한 게 있어서 그래. 현탁아, 우리 마지막으로 사회를 위해 봉사한다고 생각하자."

*　　　　　*　　　　　*

이승환은 집에서 꼼짝하지 않던 강도영이 서현탁을 데리고 불쑥 나타나자 물을 마시다가 사레까지 들렸다.

계속해서 강도영의 몸 컨디션을 살피고 있었지만 차마 일을 다시 시작하라는 말을 입 밖으로 꺼낼 수 없어 지켜만 보는 중이었다.

시한부 인생.

언론에는 극비로 숨기는 중이었으나 강도영은 언제 죽을지 모를 정도로 악화된 상태였으니 일보다는 건강이 우선이었다.

강도영이 불쌍했으나 회사를 운영하는 사장의 입장에서는 치명적인 타격을 입어야 한다.

그동안 '페이스'의 수익은 대부분 강도영으로부터 나오는 것이었기 때문에 그가 세상을 떠나는 순간 회사는 한순간에 나락으로 떨어질 수 있었다.

그랬기에 강도영이 퇴원을 해서 집으로 돌아갔을 때부터

이승환은 윤철욱과 함께 회사의 앞날을 고민하며 전전긍긍하고 있는 중이었다.

"웬일로 나왔어. 몸도 안 좋으면서?"

"사장님한테 볼일이 있어서요."

"일 이야기라면 꺼내지 마라. 나는 너를 이용해서 돈 벌 생각 전혀 없으니까 나한테 스케줄 잡으라는 소리 하지 마."

"그냥 놀 수는 없잖아요. 제 몸은 많이 좋아졌어요. 드라마나 영화는 당분간 쉬겠지만 광고는 충분히 촬영할 수 있어요."

"안 돼. 나는… 후회할 짓은 하지 않을 거야. 네 상태를 아는데 어떻게 나한테 그런 짓을 하라고 시켜, 이 나쁜 놈아!"

"괜찮다니까요."

"만약에 사람들이 알아봐라. 그러면 아마 나를 돈벌레 취급할 거다. 절대 안 돼."

"하하하… 누가 사장님을 돈벌레 취급 합니까. 제가 좋아서 하겠다는 건데요. 집에서 쉬기만 하려니까 죽을 지경이라고요."

"그럼 현탁이랑 어디 좋은데 여행이나 다녀와. 그건 내가 준비해 놓을게."

"사장님."

"자꾸 말 시키지 마라. 나 힘들다."

"일을 해야 돈을 벌죠. 저 돈 쓸데 많아요."

"도영아, 네가 무슨… 너 돈 없냐? 혹시 나 모르게 남들한테 다 퍼준 거야?"

"아뇨, 돈은 남아 있어요."

"돈 쓸데 많다며. 그럼 그걸로 쓰면 되잖아?"

"다 쓰고 나면 저는 어떡해요. 벌어서 써야죠."

"너… 정말로 하는 소리니?"

"예, 정말로 일하고 싶어요. 돈 되는 건 다 할 테니까 스케줄 잡아줘요. 광고도 좋고 콘서트도 좋아요."

"음……."

정색을 하고 말하는 강도영의 태도에 이승환이 긴 신음성을 흘렸다.

그로서는 더없이 반가운 말이다.

강도영이 움직이면 페이스의 매출액은 기하급수적으로 뛰기 때문에 다른 회사들을 압도적으로 누를 수 있다.

그러나 여전히 찜찜해서 쉽게 대답을 하지 못했다.

금방 죽을지 모르는 놈을 이용해서 돈을 벌었다는 자책감은 둘째 치고 강도영의 건강이 너무나 걱정되었기 때문이다.

그런 걱정이 수그러들기 시작한 것은 강도영의 이어진 말로 인해서였다.

"지금 컨디션은 최상입니다. 제 병은 제가 잘 알아요. 그리고 저는 일을 해야 더 오래 살 수 있어요. 그러니 너무 걱정하지 마세요."

"좋다… 그럼 무리하지 않는 선에서 스케줄을 잡자. 그러면 되겠니?"

"그러세요. 대신 매주 토요일은 스케줄에서 빼주세요."

"왜?"

"오늘 온 건 사장님한테 이 부탁을 하려고 온 거예요. 저와 현탁이가 매주 토요일에 버스킹을 하려고 해요. 그걸 준비해주셨으면 좋겠어요."

"버스킹! 너 미쳤어. 네가 그걸 왜 해?"

이승환과 윤철욱이 펄펄 뛰면서 만류했으나 강도영의 고집을 꺾을 수는 없었다.

그들 역시 이해되지 않았다.

불쌍한 사람들을 돕는 건 지금까지 한 것만으로도 충분했고 언론과 대중들 역시 강도영의 선행을 할 때마다 이젠 그만해도 된다는 말을 서슴없이 하고 있었다.

벌써 강도영이 현금으로 기탁한 것만 따져도 500억이 훌쩍 넘었으니 최근 들어서는 번 돈의 대부분을 사회에 환원했던 것이다.

일본 사건의 오해가 풀린 이후 인터넷이나 언론에서는 강도영을 비난하거나 욕하는 댓글과 기사를 본 적이 없다.

그만큼 강도영은 격정적인 연기와 더불어 꾸준한 선행으로 대중들의 사랑을 한 몸에 받는 사람이었다.

그런 그가 버스킹까지 하겠다고 나서자 이승환은 반대에 반대를 거듭했다.

정말 좋은 곳에 돈을 쓰고 싶다면 서현탁이 했던 것처럼 콘서트를 벌이자는 게 그의 주장이었다.

하지만 강도영이 웃는 얼굴로 그를 향해 자신의 생각을 말한 이후부터는 더 이상 반대를 하지 못했다.

깊다. 그리고 너무 넓어 미처 생각하지 못했다.

강도영이 그런 생각까지 하고 있다니 사회의 일원으로서 너무나 부끄러워 고개를 들 수 없었다.

이런 마음을 가질 수 있는 건 아마도 그의 삶이 얼마 남지 않았기 때문일 것이다.

이승환은 반대를 멈춘 후부터 연습실을 섭외하고 버스킹 장소와 일정, 그리고 허가에 관한 일들을 처리하기 시작했다.

몸집이 커진 페이스의 추진력은 예전과 달리 빠르고 강했다.

강도영과 서현탁은 이승환이 적극적으로 나서자 다음 날부터 곡들을 선정하고 연습에 들어갔다.

버스킹은 2주 후부터 시작하는 것으로 계획되어 있었기 때문에 시간은 그리 많지 않은 상태였다.

서현탁은 처음에 못한다며 방방 떴으나 강도영의 생각을 들은 후부터 스틱을 몸에 지니고 다녔다.

그의 드럼 실력은 의외로 상당한 수준을 자랑하고 있었다.

고등학교 때부터 강도영이 기타 치는 것에 충격을 받고 드럼을 시작했기 때문에 경력으로 따지면 15년이나 되는 드러머였다.

즐겁다.

친구와 함께 연습실에 앉아 악기를 다루며 노래를 부르자 자신이 아프다는 것조차 잊을 만큼 행복했다.

"야, 너무 빠르잖아."

"내가 빠른 거냐. 네가 빠른 거지."

"우와, 미치겠네. 이 자식은 무조건 내가 잘못했다네."

"그리고 삑사리 좀 내지 마. 감정 다 깨진다고."

강도영이 핀잔을 주자 서현탁이 억울하다는 듯 인상을 북북 긁었다.

강도영의 기타 실력은 그의 드럼 실력과 비교한다면 하늘과 땅 차이였기 때문에 막상 실수하는 건 전부 서현탁이 한 짓이었다.

그러나 이번에는 그가 실수한 게 아니었음에도 강도영이 덤터기를 씌우자 그동안 참아왔던 울분을 터뜨렸다.

"녀, 이 자식아, 일루 와. 한 대 맞자. 도저히 억울해서 이번에는 못 참겠다."

"어허, 다 큰 놈이 폭력을 쓰면 되냐. 현탁아, 배고프지?"

"말 돌리지 마라. 나 신경질 났어!"

"밥 먹으러 가자. 라면 어때?"

"…네가 살 거냐?"

"그래, 내가 산다, 이 짠돌이 놈아."

"그런데 라면은 안 돼. 다른 거 먹어. 몸에 좋은 걸로."

"괜찮아, 인마. 어차피 치료도 안 하는데 뭘 그래. 먹고 싶은 거 먹으며 살다가 죽으면 때깔도 좋다고 하더라."

"꼭 내 앞에서 그렇게 말해야 되겠냐?"

"미안… 실수야, 실수. 알았어, 그럼 우리 장어 먹으러 가자. 그건 괜찮지?"

"조심해, 이 자식아. 네가 자꾸 그러면 드럼이고 뭐고 뒤집어 버리는 수가 있어."

"잘못했다니까!"

＊　　　　　＊　　　　　＊

연습하는 2주 동안 신은서는 촬영이 없을 때마다 그들과 함께 연습장에서 시간을 보냈는데 강도영의 강요로 인해 노래까지 연습했다.

정말 즐거운 시간들이었다.

노래를 할 때는 자신이 아프다는 것을 잊었고 사랑하는 사람들과 함께하면서 이 시간이 영원하기를 염원했다.

드디어 오늘은 버스킹이 시작되는 날이었다.

장소를 명동성당 앞으로 잡은 것은 사람이 가장 많은 곳이기 때문에 장사가 잘될 것이라는 서현탁의 주장으로 인해서였다.

비록 돈이 되는 일은 아니었으나 이승환은 버스킹에 지장이 발생하지 않도록 철저하게 준비했고 5분 거리에 앰뷸런스까지 대기시켜 놨다.

혹시라도 무리해서 강도영이 쓰러질 것을 우려했기 때문이다.

명동역을 돌아 뒷길로 해서 성당 앞으로 들어가는 동안 서현탁은 긴장으로 인해 침을 연신 꼴깍거리며 삼켰다.

그냥 보면 뭔가 맛있는 것을 혼자서 훔쳐 먹는 사람처럼 보였다.

"야, 그만 쩝쩝대. 신경 쓰이잖아."

"긴장돼서 그래."

"긴장 두 번만 했다가는 내가 노이로제 걸리겠다."

"인마, 너는 무대에 많이 서봤으니까 괜찮겠지만 나는 처녀

출전이라고. 뭐든지 처음이 제일 어렵다는 거 몰라?"

"크크크… 야한 놈."

"오늘 마누라가 애까지 데리고 와서 구경한다고 했어. 아빠 공연하는 모습 보여준다고. 그러니까 잘해야 된단 말이야."

"너무 긴장하지 마. 다 잘될 거야."

강도영이 빙그레 웃으며 서현탁의 어깨를 툭 쳤다.

열심히 했다는 거 안다.

서현탁은 버스킹을 하기로 결정된 후 스틱을 손에서 내려놓은 적이 없을 정도로 최선을 다했다.

차가 명동성당으로 들어서자 운전대를 잡고 있던 서현탁의 얼굴이 서서히 굳어지기 시작했다.

"도영아, 알지? 몸에 조금이라도 이상이 생기면 즉시 멈춰야 돼."

"알았다, 이 자식아."

"저기 사장님 와 계신다. 저 양반, 우리보다 더 걱정이 많은 것 같아."

"벌써 드럼하고 앰프는 세팅됐구나. 와아, 사장님 정말 통은 커. 앰프가 저렇게 크면 성당 측에서 시끄럽다고 뭐라 그럴 텐데 괜찮을까?"

"저건 공연용 앰프잖아. 하여간 사장님 손은 왕 손이야."

"그런데 저 앞에 커다란 함은 뭐지?"

"아이고, 모금함인 모양이다."

강도영의 의문에 금방 정체를 알아챈 서현탁이 거품을 물었다.

공연 무대 앞에 설치되어 있는 모금함의 크기가 그야말로 남산만 했기 때문이다.

비록 불쌍한 사람들을 돕기 위해 버스킹을 시도하는 거지만 막상 과도한 크기의 모금함을 보게 되자 얼굴이 다 붉어졌다.

차에서 내린 강도영과 서현탁이 다가서자 이승환이 반갑게 그들을 맞아주었다.

윤철욱은 현장을 진두지휘하고 있었는데 꼭 이벤트 회사의 작업반장같이 보였다.

"사장님, 이거 너무 큰 거 아닙니까?"

"크긴 뭘 커. 난 이것도 적을 것 같아서 걱정이구만."

"아주 명동에 있는 사람들 돈을 전부 갈취하려고 작정하셨군요."

"다른 사람도 아니고 강도영이잖아. 크큭… 오늘 아주 날 잘 잡았다. 화창한 게 죽여주네."

"그러네요."

이승환이 하늘을 바라보며 말했기 때문에 두 사람도 그를 따라 하늘을 향해 고개를 돌렸다.

정말 아름다운 하늘이었다. 구름 한 점 없이 맑게 갠 하늘은 바늘로 찌르면 맑은 물을 쏟아낼 것처럼 푸르렀고 아름다웠다.

"도영아, 약속해. 딱 2시간만이야. 20분 공연에 10분 휴식. 마지막 곡이 끝나고 앙코르가 쏟아져도 더 부르면 안 돼. 무슨 말인지 알겠지?"

"알았어요."

제58장
버스킹 II

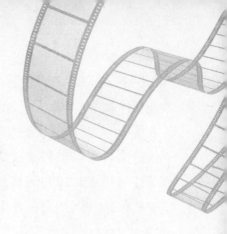

　무대 앞을 가렸던 차가 빠지고 무대가 드러나자 지나가던 사람들이 이상하다는 눈으로 잠시 걸음을 멈추었다가 바쁘게 걸음을 옮겨 나갔다.

　명동성당은 명동으로 들어가는 초입에 있었기 때문에 목적지를 앞에 둔 사람들은 무대가 나타났어도 잠시 의문에 젖었을 뿐 걸음을 멈추지 않았다.

　그러나 서현탁이 드러머의 자리에 앉아 스틱을 들고 드럼을 두드리기 시작하자 사람들의 걸음이 멈추기 시작했다.

　그가 앰프에서 흘러나오는 노래에 맞춰 연주한 것은 그 옛날 신나는 리듬으로 빅 히트를 기록했던 '강남스타일'이었다.

연습한 효과가 난다.

서현탁이 가볍게 리듬을 살리면서 심벌을 때리다가 노래가 본격화되자 격정적으로 드럼을 난타하기 시작했는데 그 행동이 마치 프로 드러머처럼 보일 정도였다.

교묘하게 심벌과 드럼을 때리던 손가락에서 스틱이 마법처럼 돌아갔다.

연습을 할 때 멋있게 보여야 한다며 수시로 돌려대더니 실전에서도 그렇게 할 줄은 꿈에도 생각하지 못했다.

서현탁의 드럼 연주에 사람들이 몰려들었다.

명동을 찾는 사람들은 즐겁게 휴일을 보내기 위해 오는 사람이 대부분이었기에 뜻밖의 장소에서 흥겨운 드럼의 연주가 시작되자 발길을 돌려 몰려들기 시작했다.

강렬한 드럼의 비트.

선글라스를 낀 채 꼭 헤비메탈 그룹의 멤버처럼 가죽 재킷을 입은 서현탁의 화려한 오프닝 무대만으로 금방 100여 명의 사람이 걸음을 멈추고 다가왔다.

그들이 앰프에서 흘러나오는 강남스타일과 서현탁의 환상적인 드럼 연주로 들썩거리며 춤을 춘 것은 더없이 맑고 푸른 날이 준 토요일 오후의 여유 때문일 것이다.

서현탁의 연주가 끝나자 몰려들었던 100여 명의 사람이 환호를 지르며 박수를 보냈는데 그중 앞에 놓여 있는 모금함을 향해 십여 명이 다가와 돈을 넣었다.

강도영은 간이로 만들어진 대기실에서 돈을 넣고 떠나는 사람들을 향해 서현탁이 인사하는 걸 보며 자신도 모르게 엄지손가락을 치켜들었다.

그건 버스킹을 준비했던 이승환과 윤철욱도 마찬가지였다.

그들은 서현탁의 말도 안 되는 드럼 실력에 놀랐는지 두 눈이 휘둥그레 커진 상태였다.

"와아, 현탁이 다시 봐야겠네. 대단한데. 윤 실장, 쟤가 저런 재주 있는 거 알았어?"

"그걸 어떻게 알겠어요. 나한테 이야기도 안 했는데. 척 보고 아는 재주가 있으면 내가 회사 차려서 사업하지 사장님 밑에 있겠어요?"

"얘는 꼭 잘 나가다가 삼천포로 빠지더라. 나한테 뭐 서운한 거 있어?"

"많죠."

윤철욱이 돌아보지도 않고 즉시 대답하자 이승환이 눈꼬리를 치켜 올렸다.

꼭 두 사람이 하는 짓을 보면 둘도 없는 친구 사이처럼 보인다.

그런 두 사람을 향해 강도영이 빙그레 웃음을 지으며 입을 연 것은 몰려 있던 사람들이 주춤거리며 걸음을 옮기려 할 때였다.

"열심히들 싸우고 계세요. 저는 이제 시작할 테니까요."

＊　　　　　＊　　　　　＊

강도영은 대기실을 빠져나와 뚜벅뚜벅 걸어서 무대의 마이크 앞에 섰다.

서현탁의 검은 가죽 재킷과 대비되는 하얀 와이셔츠를 입었는데 소매를 팔뚝까지 걷었고 청바지를 입은 편한 복장이었다.

드럼 연주가 끝나고 서현탁이 조용히 기다리자 발길을 옮기려던 사람들이 웬 남자가 나타나 마이크 앞에 서자 의아한 시선을 던졌다.

그러다가 여기저기서 비명이 터져 나왔다. 사람들은 마치 귀신을 본 것처럼 놀랐는데 그러면서도 탄성을 숨기지 못했다.

"꺄악! 강도영이다, 강도영이야!"

그 비명 소리에 지나가던 사람들이 미친 듯이 여기저기서 뛰어오는 게 보였다.

강도영이란 이름 하나만으로도 사람들은 확인조차 하지

않고 달려오며 고개를 빼 들었다.

순식간에 사람들의 숫자가 기하급수적으로 늘어났다.

강도영이 마이크를 끌어당겨 천천히 자신이 준비해 놓은 멘트를 시작한 것은 백여 명에 불과했던 사람들의 숫자가 순식간에 배 이상으로 늘어났을 때였다.

"여러분, 안녕하세요. 강도영입니다. 제가 오늘 이 자리에서 버스킹을 준비한 것은 불우 이웃을 돕기 위한 성금을 모으기 위해섭니다. 우리 사회에는 아직 여러분의 따스한 손길이 필요한 사람이 너무나 많습니다. 그들을 위해 조금이라도 성의를 보여주시기 바랍니다. 부탁드립니다."

강도영이 마이크에서 잠깐 물러나 몰려든 사람들을 향해 정중하게 고개를 숙여 인사를 했다.

그러자 사람들이 박수를 치면서 강도영의 이름을 연호했다.

뜨겁다. 그러나 아직도 강도영이 나타난 것이 믿기지 않은 표정들이었다.

거의 모든 사람의 손에는 핸드폰이 들려 있었는데 사진을 찍는 사람과 동영상을 찍는 사람이 대부분이었다.

"오늘 저를 도와 드럼을 치실 분은 제 영혼의 파트너이자 목숨보다 더 소중한 친구, 영화배우 서현탁 군입니다. 아마 선글라스를 껴서 몰라 봤겠지만 막상 선글라스를 벗으면 생각보다 훨씬 잘생겼다는 걸 알 수 있을 겁니다. 서현탁 군을 소개드립니다."

강도영의 소개에 서현탁이 일어서면서 주먹을 흔들었다.

자신의 외모를 가지고 사람들에게 웃음을 선사한 강도영의 태도가 마음에 들지 않는다는 표시였다.

그럼에도 그는 반짝 일어나 강도영이 말한 대로 선글라스를 벗고 사람들을 향해 인사를 한 후 언제 그랬냐는 듯 자리에 앉아 선글라스를 다시 꼈다.

이미 명동성당 앞은 강도영이 나타나면서 사람들로 가득 찼다.

멀리서 수많은 사람이 뛰어오는 게 보였다.

뒤늦게 강도영이 버스킹을 한다는 걸 알고 달려오는 게 분명했는데 그 숫자가 점점 많아지고 있었다.

"많은 분이 오시고 계시네요. 한 가지 더 부탁을 드리겠습니다. 저로 인해 사람들이 다치는 걸 저는 결코 바라지 않습니다. 질서가 유지되도록 도와주시기 바랍니다. 그리고 죄송한 말씀이지만 성금이 모금될 수 있도록 가운데 길을 열어주셨으면 합니다. 제 생각에는 그쪽이 좋겠네요."

강도영이 중앙에 앉기 시작하는 사람들을 향해 손가락을 가리키자 사람들이 불에 덴 것처럼 벌떡 일어나 통로를 만들었다.

마치 말 잘 듣는 유치원생들을 보는 것 같았다.

그 모습에 강도영이 맑고 밝은 웃음을 만들었다.

"도와주셔서 감사합니다. 그럼, 노래를 시작하겠습니다. 먼저 부를 곡은 김광석 선생님의 '먼지가 되어'입니다."

강도영이 고개를 까닥여 서현탁에게 신호를 준 후 어깨에 멘 기타를 향해 손을 가져갔다.

그런 후 강도영의 손이 현란하게 움직이기 시작했다.

둥둥두둥둥… 둥둥두둥둥… 둥둥두둥둥 뚜앙…….

전주만으로도 사람들의 시선이 경악으로 물들어갔다.

예전 복면가왕에서 기타 하나만 들고 노래한 적이 있다는 걸 알고 있었으나 강도영의 기타 실력은 전주만으로도 사람들을 경악 속으로 몰아넣기에 충분했다.

그러나 그것은 경악의 시작에 불과했다.

본격적으로 강도영이 입을 열어 노래를 시작하자 기타 전주에 놀랐던 사람들의 입이 저절로 벌어지기 시작했다.

천상의 목소리.

비록 최상의 앰프 시설은 아니었으나 길거리 가수들의 버스킹과 비교조차 되지 않을 정도로 성능 좋은 앰프는 강도영의 목소리를 고스란히 대중들에게 전달시켰다.

노래가 진행될수록 사람들은 전율에 젖어 움직일 수 없었다.

사진을 찍던 사람들의 손은 이미 내려진 지 오래였고 강도영의 부른 노래에 흠뻑 젖어 오직 음률에 몸을 맡긴 채 정신을 차리지 못했다.

전반부가 끝나고 간주가 시작되면서 사람들은 두 눈을 휘둥그레 뜬 채 강도영의 손가락이 만들어낸 마법을 지켜봤다.

수많은 기타리스트가 연주하는 걸 봤으나 강도영의 연주는 그야말로 경이적이라는 표현이 저절로 연상될 정도였다.

탄성 혹은 함성.

현을 타고 흐르는 강도영의 손가락이 움직일 때마다 사람들은 자신들도 모르게 입 밖으로 신음을 흘려냈다.

미쳤다. 그래, 미친 게 맞다.

지구의 반을 열광 속으로 몰아넣고 있는 슈퍼스타 강도영의 노래와 기타 연주를 지켜본 사람들이 공통적으로 느낀 감정은 바로 그런 것들이었다.

*   *   *

박수미는 친구들과 함께 오랜만에 명동에 나와 옷도 구경하고 맛있는 것도 먹으면서 즐거운 시간을 보냈다.

그녀들이 명동에 나온 것은 화창한 봄의 끝자락을 즐기고 싶었기 때문이다.

명동은 사람들로 북적여 지나가기가 힘들 정도였다.

그럼에도 그녀들은 명동 전체를 싸돌아다니며 쇼핑을 즐기다가 박세영이 다리가 아프다고 징징댔기 때문에 천천히 발걸음을 돌렸다.

벌써 명동에 온 지 4시간이나 지났기에 돌아갈 시간도 되었다.

명동에 와서 한 거라고는 오자마자 그동안 먹고 싶었던 칼국수를 단숨에 해치우고 내내 돌아다닌 것뿐이니 다리가 아플 만도 했다.

대신 그녀들이 다음 장소로 선택한 건 버릇처럼 관례가 되어 있는 박수미의 집이었다.

집으로 돌아가는 길에 마트에 들러 장을 봐서 같이 저녁을 먹으며 맥주를 마시는 건 절대 빼놓지 않는 그녀들의 주말 행사였다.

올 때도 즐거웠지만 갈 때도 즐겁다.

아직 그녀들에게는 맥주 파티를 열면서 일주일간 가슴속에 꽁꽁 담아놓았던 스트레스를 수다로 풀 수 있는 시간이 남아 있기 때문이었다.

"강도영이 왔대!"

그녀들이 옆에서 뛰어가는 여자들의 목소리를 들은 건 중앙 통로를 빠져나와 명동성당 쪽으로 걸어갈 때였다.

무슨 일인가 궁금해서 여자들을 향해 시선을 던지자 우르르 달려가는 사람들의 모습이 보였다.

서로의 시선을 확인한 그녀들은 100m 달리기 선수들처럼 뛰기 시작했다.

오래된 강도영 팬클럽 회원으로서 강도영이 명동에 나타났다면 무조건 봐야 한다는 것이 그녀들의 공통된 사명이자 의지였다.

이래서 평소에 운동을 해야 한다.

불과 500m도 되지 않는 거리였는데도 막상 전력으로 뛰기 시작하자 같이 뛰었던 사람들보다 점점 뒤로 처지기 시작했다.

"야, 안 되겠다. 우리 뛰지 말고 걷자."

"그러다 가고 없으면 어떡해!"

"당장 죽게 생겼는데 그게 문제냐. 일단 살고 보자."

조미영이 허리를 숙인 채 다리를 주무르며 숨을 헐떡거렸다.

옆에 있던 박세영도 비슷한 자세를 하고 있었는데 조금만 더 뛰면 땅바닥에 쓰러질 것 같았다.

그나마 평소에 열심히 러닝머신을 이용해서 건강을 다지던 박수미가 친구들을 바라보며 혀를 찼다.

"이것들아, 내가 뭐라고 그랬어. 몸매 관리는 다이어트로 하지 말고 운동으로 하랬잖아."

"그러게… 아휴, 나이를 먹어서 더 그런가 봐."

"일단 걷자. 걸으면서 호흡 조절 하자고. 너희들 때문에 도영이 오빠 못 보면 알아서 해."

박수미가 째려보며 친구들을 일으켜 세우자 박세영과 조미영이 어쩔 수 없다는 듯 숙였던 허리를 펴고 걷기 시작했다.

그녀들 역시 강도영을 보고 싶었기 때문인지 박수미의 성화에 반론을 제기하지 않았다.

성당 쪽으로 다가가자 몰려 있는 사람들의 숫자가 눈으로 들어왔다.

대충 따져도 500명은 훌쩍 넘는 것 같았다.

그러나 그녀들을 더욱 놀라게 만든 건 성당 쪽에서 들려오는 기타와 드럼 소리, 그리고 영혼을 울릴 것처럼 퍼져 나오는 남자의 노래였다.

단박에 알 수 있었다. 저 노래의 주인공이 강도영이란 것을.

서로의 시선을 마주친 그녀들이 미친 여자처럼 다시 뛰기 시작했다.

이미 많이 지쳐 있었지만 그녀들은 혼신의 힘을 끌어모아 조금이라도 더 빨리 가기 위해 안간힘을 썼다.

마침내 현장에 도착해서 까치발을 들고 섰으나 사람들로 인해 성당 앞에 자리한 무대와 강도영의 모습이 보이지 않았다.

이럴 때마다 대한민국 워킹 우먼의 괴력이 발생한다.

박수미는 무대가 보이지 않자 친구들을 이끌고 건물이 바짝 붙어 있는 곳으로 이동해서 뒷길을 따라 반대편으로 이동했다.

명동성당 앞을 잘 보기 위해서는 명동 쪽보다 반대쪽이 지대가 높기 때문이었다.

박수미의 머리는 초긴장 상태에서 컴퓨터처럼 팽팽 돌아갔다.

"야, 저기 보이지. 저곳으로 돌진."

박수미가 먼저 뛰자 나머지 친구들이 상황을 파악하고 맹렬하게 달리기 시작했다.

반대쪽도 이미 사람들로 인해 인산인해를 이루고 있었는데 명동 쪽에서 본 것보다 배 이상은 많아 보였다.

박수미가 가리킨 곳은 명동성당 입구가 훤히 내려다보이는 2층 초밥집이었다.

훨씬 조망권이 좋은 커피숍 건물을 포기하고 배가 불렀음에도 3시가 넘은 상태에서 초밥집을 선택한 것은 잔머리 돌아가는 데 천재적이라는 박수미의 냉철한 직감이 사정없이 작동되었기 때문이다.

역시 예상했던 대로 초밥집은 아직까지 여유가 있는 상태였다.

그럼에도 창가는 이미 행동 빠른 사람들로 꽉 차 있어 겨우 한 테이블만 남아 있었다.

숨을 돌리고 사람들이 한 것처럼 창문을 열고 성당 앞을 내려다보자 강도영의 모습이 정면에서 보였다.

그의 모습을 보자 눈물이 다 핑 돌았는데 아쉽게도 '먼지가 되어'란 노래가 끝나가고 있었다.

"우와, 도영 오빠 진짜 오랜만에 본다."

"맞아. 작년에 팬클럽 행사 때 보고 처음이야. 어디 아프다고 들었는데 괜찮은 건가?"

"이씨… 언제부터 노래하기 시작한 거야. 그것도 모르고 우린 쇼핑이나 하고 있었단 거잖아!"

자리를 잡고 자세를 바로 하며 박수미와 친구들이 한마디씩 중얼댔다.

밖에서는 강도영의 노래가 끝나자 몰려든 사람들로부터 우레와 같은 박수 소리가 터져 나오고 있는 중이었다.

상황을 직감하고 서두른 것은 박수미였다.

그녀들이 자리에 앉은 후 마치 경쟁하는 것처럼 사람들이 초밥집으로 몰려들고 있었기에 박수미는 지체 없이 종업원에게 제일 비싼 초밥 세트를 주문했다.

그러고는 영화 감상을 하는 것처럼 창문 밖으로 옹기종기 모여 시선을 주었는데 다른 사람들이 한 것과 똑같은 행동이었다.

노래를 끝낸 강도영의 멘트에서 이제 겨우 한 곡을 했다는 걸 안 그녀들의 입에서 안도의 한숨이 흘러나왔다.

지금도 양쪽 도로에서는 달려오는 사람들로 인해 인산인해를 이루고 있었다.

"그런데 왜 도영 오빠가 여기서 노래를 부르는 거지?"

"저거 안 보이냐?"

"뭘 말하는 거야?"

"사람들 봐봐… 저기에 뭔가를 넣고 있잖아. 아무래도 모금함인 것 같아."

"아, 그래서 저쪽에는 사람들이 없는 거구나. 성금 내는 사람들이 다닐 수 있도록… 내 말이 맞지?"

"당연한 걸 묻고 있어."

그녀들이 조잘대면서 의견을 나누는 동안 강도영이 다음 노래를 부르기 시작했다.

바로 오늘, 토요일의 즐거움을 만끽하라는 '토요일 밤에'란 노래였다.

기타와 드럼만으로 강도영과 서현탁은 단숨에 사람들을 열광 속으로 몰아넣었다.

저절로 흔들리는 사람들의 손.

마치 수초가 흔들리는 것처럼 사람들은 손을 흔들며 즐거

위했는데 대부분의 사람이 홍겨움을 숨기지 못하고 몸을 흔들어댔다.

그건 박세영과 조미영도 마찬가지였다.

노래를 따라 부르며 앉은 채 살랑살랑 춤을 추는 그녀들의 모습은 마치 클럽에라도 온 여자들처럼 보였다.

"역시 대단한 오빠야. 노래 하나는 끝내준다니까."

"도영 오빠는 영화배우가 아니라 가수가 더 어울렸을지도 몰라. 그러면 맨날 콘서트 보려고 쫓아다녔을 텐데."

"춤이나 춰라. 엉뚱한 소리 말고"

"아우, 신나. 저 오빠는 어떻게 여자 노래를 조로코롬 매력적으로 부른다냐"

"괜히 가왕이겠니. 그런데 라이브로 들으니까 정말 대단하긴 하다."

입으로는 말을 하고 있었으나 눈은 강도영을 바라보느라 정신이 없었다.

대중들도 마찬가지다.

집단적인 최면 상태에 빠진 것처럼 몰려든 사람들은 강도영의 노래에 맞춰 춤을 추면서 강도영의 모습에 시선을 떼지 못했다.

또 한 곡의 노래가 끝나자 사람들의 박수 갈채와 함성 소리가 더욱 커졌다.

이미 명동성당 근처는 사람들로 인해 발 디딜 곳이 없을 정도였는데 끝없이 몰려드는 사람들로 인해 반경 200m가 온통 사람들로 꽉 차 있는 상태였다.

그럼에도 기적처럼 가운데 통로에는 사람들이 다가가지 않았고 노래가 끝나자마자 그 길을 따라 사람들이 성금을 내기 위해 줄을 섰는데 그 줄이 끝이 보이지 않았다.

"너 얼마나 있어?"

"돈?"

"그래, 핸드백에 있는 거 다 털어봐."

"난 이게 다야."

"나도 많지는 않은데 어쩌지?"

박수미가 손을 내밀자 박세영과 조미영이 주섬주섬 핸드백을 열어 돈을 꺼냈다.

그녀들이 내민 돈은 전부 합해 12만 원이었다.

그 모습을 보면서 박수미가 혀를 끌끌 차더니 자신의 지갑에서 15만 원을 꺼내 들며 잔소리를 했다.

"이것들아, 회사 다니는 애들이 비상금은 가지고 다녀야 할 거 아냐. 남자 친구가 실수로 돈 안 가져왔으면 모텔에는 어떻게 들어갈래!"

"그냥 차에서 하면 되지."

"호호호… 그런 방법이 있었네. 하여간 요게 머리는 잘 돌아간단 말이야."

"그러니까 머리 나쁜 네가 얼른 가서 넣고 와."

"내가 제일 돈 많이 냈는데 왜 내가 가. 돈 적게 낸 세영이가 갔다 와야지."

"넌 남자친구 없잖아. 우리 사회는 애인 없는 게 가장 큰 죄란다."

*　　　*　　　*

JBC의 '한밤의 연예가소식'은 일주일간 연예계에서 벌어졌던 일들을 심층 취재 해서 대중들에게 알려주는 프로그램이었다.

일요일 저녁 10시에 방송되지만 녹화는 토요일에 이루어지는데 오늘은 PD 조창연의 기획으로 강도영 특집이 마련되어 있었다.

조창연은 현재 상영되고 있는 영화 '청룡'이 1,300만을 돌파하면서 흥행 기록을 계속해서 써나가자 강도영에 관한 심층 분석을 통해 시청률을 올리려는 생각을 가지고 있었다.

강도영이란 힘이 가진 시청률의 확보는 이미 방송계에서 공식으로 작용하고 있는 중이었기 때문에 유사 프로그램에서도 여러 번 방송했지만 최근 들어서는 뜸한 실정이었다.

요즘 들어 워낙 많은 이슈가 생겼기 때문이다.

특급 스타들의 결혼, 10대들에게 선풍적 인기를 얻고 있는 '회오리' 멤버들의 마약 복용, 영화배우 유성우의 교통사고 사망 등 굵직한 기사들이 연이어 발생해서 연예부 기자들은 정신이 하나도 없을 지경이었다.

오늘 패널들은 영화와 관련된 전문가들로 채워졌다.

주간영화의 유태희, 영화 평론가 주진성, 스포츠데일리의 연예 기자 장석효 등이 그들이었다.

물론 연예가 뉴스를 진행하는 패널들은 별도로 존재했지만 특집에 참여하는 사람들은 메인 MC인 김현성을 포함해서 이들 넷이 30분 동안 진행하는 것으로 계획되어 있었다.

녹화가 시작된 후 각 분야의 패널들이 주요 소식과 인터뷰를 진행한 후 강도영 특집이 시작되었다.

먼저 입을 열어 오프닝을 시작한 건 메인 MC 김현성이었다.

"시청자 여러분, 이번 시간은 영화 '청룡'으로 1,300만의 관중을 동원하고 있는 영화배우 강도영 씨에 대해서 알아보는 시간을 갖겠습니다. 강도영 씨는 히어로와 광개토대제, 그리고 이번 청룡까지 연이어 빅히트를 시켰고 드라마에서도 신비한 남자와 천년의 사랑으로 아시아 최고의 스타로 등극했습니다. 먼저 유태희 기자 강도영 씨에 대해서 간략하게 설명해 주시죠."

"예, 방금 MC께서 말씀하신 것처럼 강도영 씨는 3편의 영화를 주연하면서 5천만에 가까운 관중들을 동원했고 천년의 사랑과 신비한 남자가 최고 시청률 48%을 기록하면서 매년 청룡영화제, 연기 대상을 휩쓸었습니다. 강도영 씨는 출연하는 영화와 드라마를 찍을 때마다 전혀 색다른 모습을 보여주었는데요, 이번 청룡에서는 유령이라는 특수부대를 지휘하는 장교로 분해서 완벽한 카리스마와 비장미를 보여줬습니다."

"주진성 평론가님, 강도영 씨가 출연하는 영화마다 빅 히트를 치고 있습니다. 원인이 뭐라고 생각하십니까?"

"제 생각에는 강도영 씨가 지니고 있는 색깔이 영화나 드라마를 찍을 때마다 카멜레온처럼 변하기 때문인 것 같습니다. 배역이 가지고 있는 색깔에 완벽하게 동화되는 능력을 가지고 있다는 것이죠. 보통 잘생긴 배우들은 연기력이 떨어지는 경우를 많이 볼 수 있지만 강도영 씨의 연기력은 국내 최고라고 손꼽힐 정도입니다. 그의 연기를 볼 때마다 감탄한 적이 많았습니다. 배역에 동화되어 터뜨리는 눈빛과 표정 연기는 정말 대단하니까요. 강도영 씨가 다른 배우들보다 특별한 것은 그가 지니고 있는 액션 능력입니다. 대역을 쓰지 않고도 완벽하게 액션을 소화하는데 상당한 무술 실력을 가졌다는 게 주변 사람들의 증언입니다. 더군다나 연기에 대한 열

정도 치열할 정도랍니다. 대스타가 된 후에도 강도영 씨는 한 번도 촬영에 늦은 적이 없었고, 힘든 촬영 일정에도 불만을 터뜨린 적이 없다고 하니 인격적으로도 훌륭하다는 평가를 받고 있습니다. 결정적으로 강도영 씨가 대중들에게 많은 사랑을 받는 건 배려라고 볼 수 있을 것 같습니다. 선행의 아이콘이죠. 아시다시피 불쌍한 사람을 돕기 위해 엄청난 금액을 지속적으로 기부하고 있으니까요. 그런 인기를 가지고 있으면서도 안티가 거의 없는 건 그런 이유 때문일 겁니다."

"장 기자님, 최근 청룡이 흥행하면서 강도영 씨를 취재하기 위해 애쓴 것으로 압니다. 결국 만나지 못했다면서요?"

"그렇습니다. 강도영 씨는 청룡이 개봉되기 전부터 만날 수 없었습니다. 워낙 언론에 노출되는 걸 싫어하는 성격이기 때문에 의도적으로 피한 것 같습니다."

"강도영 씨는 텔레비전 출연도 무척 싫어한다고 하더군요. 혹시 그 이유에 대해서 알고 있습니까?"

"제가 들은 바로는 강도영 씨가 막 뜨기 시작할 때 출연한 프로그램에서 상당한 곤욕을 치렀다고 합니다. 그래서 그 이후부터는 텔레비전 출연을 고사한답니다."

"최근 들어 병원에 입원했다는 소식이 들려왔습니다. 거기에 대해서도 말씀해 주시죠."

"참, 할 말이 많지만 사실 관계가 확인이 되지 않았기 때문에 뭐라고 말씀드리기가 어렵네요. 병원 관계자의 말을 따르면 과로로 인한 감기 몸살이라고 합니다. 그러나 몇몇 응급실 환자의 증언에 따르면 강도영 씨는 피를 토한 것처럼 와이셔츠에 잔뜩 피를 묻힌 채 서현탁 씨의 등에 업혀 응급실로 들어왔다고 합니다."

"그렇다면 다른 병이 있을 수도 있다는 거군요?"

"저도 그렇게 생각하고 있습니다. 물론……."

PD 조창연이 장석효의 말을 들으며 길게 하품을 터뜨렸다.

워낙 방송 경력이 많은 사람들이라 그런지 대본에 의한 대로 순조롭게 진행하고 있었기 때문에 한참 동안 지켜보자 따분함이 몰려왔다.

녹화가 주는 장점이다.

더군다나 이 프로그램은 방청객도 없기 때문에 문제가 생겨도 다시 찍으면 그만이다.

시간을 보니 대충 15분이 남았다.

무대 위에서는 패널들이 자신이 잘 알고 있는 사실들을 떠들며 거품을 물었지만 그의 머릿속에는 오늘 저녁 와이프와 함께할 결혼기념일 행사 생각으로 가득 차 있었다.

벌써 결혼한 지 10주년이 되었다.

나름 꽤 비싼 목걸이를 준비했고 분위기 있는 레스토랑을 예약했기 때문에 마누라는 오늘 저녁 그의 정성에 행복한 웃음을 지을 게 분명했다.

저절로 미소가 지어졌다.

마누라의 행복은 곧 그의 행복이고 더 나아가 가족의 행복으로 이어지기 때문이다.

기가 막힌 일은 녹화가 거의 끝나가는 무렵에 생겼다.

AD인 조남석은 미친놈처럼 녹화장을 박차고 뛰어들었는데 금방이라도 숨이 넘어갈 것처럼 보였다.

"PD님, 큰일 났습니다."

"뭐야, 전쟁 났어?"

"강도영이… 헉헉… 강도영이……."

"강도영이 왜? 야, 숨 좀 쉬고 천천히 말해!"

"후우… 후우… PD님, 강도영이 지금 명동에 나타났답니다."

"그게 어때서 이 난리야. 이 자식아, 난 정말 큰일 난 줄 알았잖아!"

"그냥 나타난 게 아니라니까요. 강도영이 지금 명동성당 앞에서 버스킹을 하고 있단 말입니다. 친구 놈 말로는 명동 일대가 그놈 때문에 완전히 마비가 되었대요."

"뭐라고, 그 말 정말이야?"

"지금 회사 연예부 기자들이 전부 달려갔습니다. 아니, 우리나라 기자들 전체가 그쪽으로 가고 있는 중일 겁니다."

조창연이 조남석의 말을 듣고 안색을 하얗게 굳혔다.

전쟁이 난 것보다 더한 소식이었다. 강도영 특집 녹화가 거의 끝나가는 마당에 미친놈이 지랄을 해놨으니 오늘 결혼기념일 행사는 물 건너간 거나 다름없는 일이었다.

취재를 하고 다시 녹화를 하려면 밤을 새도 모자라기 때문이었다.

"스톱, 스톱하라고!"

자신도 모르게 소리를 버럭 질러 열심히 토론하고 있는 패널들의 말을 중지시켰다.

그런 후 그는 AD 조창연을 향해 돌아서서 지시를 내리기 시작했다.

"서현정 어디 있는지 확인해. 그리고 섭외되는 대로 카메라 대동시키고 명동으로 가란 말이야!"

"지금요?"

"그럼 언제 갈래. 버스킹 다 끝나고 갈 거냐!"

"아닙니다. 바로 조치하겠습니다."

"우와, 돌아버리겠네. 야, 찬성아. 녹화홀 예약 일정 다시 확인하고 스태프들 대기시켜. 뭐 해, 넌 안 가고!"

*　　　　*　　　　*

이승환은 윤철욱과 강도영의 버스킹을 지켜보며 초긴장 상태에 빠져들었다.

명동성당 앞의 분위기는 2002년 월드컵 당시 광화문 일대를 연상시킬 정도였는데 주변 건물은 물론이고 옥상까지 사람들로 꽉꽉 들어차 있었다.

벌써 모금함을 5번이나 교체했는데도 사람들의 줄은 끊이지 않는 중이었다.

도대체 이게 뭘까.

강도영의 인기가 전무후무할 정도로 대단하다는 걸 알았지만 예고도 없었던 버스킹에서 이런 난리가 날 줄은 꿈에도 생각하지 못했다.

이승환의 전화기는 불똥이 튀고 있는 중이었다.

평소에 안면이 있는 기자들은 전부 한 번씩 전화를 해왔는데 잔뜩 열이 받아 있는 상태였다.

하긴 그럴 만도 하다.

갑작스러운 버스킹에 명동 일대가 마비가 된 줄도 모르고 토요일 오후를 즐기다가 날벼락을 맞았으니 그들로서는 이승환이 때려죽여도 시원치 않았을 것이다.

많은 기자가 발이 묶여 오지 못했으나 발 빠른 기자들은 어느새 카메라를 들고 몰려들었는데 버스킹이 거의 끝나가고 있었기 때문에 사진을 찍느라 정신이 없었다.

버스킹 장소는 콘서트장을 방불케 하는 열기에 빠져 있었다.

버스킹의 주인공이 강도영이라는 특수성과 두 사람이 펼쳐내는 노래가 대중들을 흥분의 도가니로 몰아넣었기 때문이다.

강도영은 대부분의 선곡을 신나는 곡으로 정했기 때문에 노래가 흘러나올 때마다 사람들은 몸을 흔들며 손을 흔들었는데 그 모습이 거대한 수초를 연상시켰다.

장관이다.

명동성당 앞을 가득 채운 군중이 한 사람의 노래에 동화되어 춤추고 노래하는 장면은 전율을 느끼게 만들 만큼 아름다웠다.

"윤 실장, 도영이 픽업할 준비시켜."

"기자들이 가만있지 않을 텐데요."

"지쳐 있을 거야. 이런 상태에서 기자들을 만나면 어떤 일이 벌어질지 몰라. 나중에 욕먹는 한이 있더라도 지금은 도영이를 노출시킬 수 없어."

"알겠습니다. 바로 떠날 수 있도록 조치해 놓겠습니다."

"김 부장한테는 현장 정리 시키고 10명은 도영이를 호위하도록. 나머지는 차에서 기다리다가 도영이를 추격하는 사람들을 막는 것으로 하자."

"부족하지 않을까요. 이럴 줄 알았으면 경호원 숫자를 배로 늘렸을 텐데 걱정이네요."

"할 수 없지. 안 되면 너하고 나하고라도 막아야지."

이승환이 손짓하자 윤철욱이 급하게 움직여 경호를 담당하는 리더에게 뭔가를 지시했다.

그러자 한쪽에 몰려 있던 경호원들이 반으로 나뉘며 천천히 강도영을 향해 다가왔다.

지금 무대에서는 강도영이 준비한 마지막 노래 '사람이 꽃보다 아름다워'가 울려 퍼지고 있었는데 모든 사람이 따라 불렀기 때문에 거대한 합창으로 변해 있었다.

이윽고 모든 노래가 끝나자 강도영이 마이크를 잡았다.

"여러분 이렇게 저의 버스킹에 호응해 주셔서 감사합니다. 여러분이 내주신 성금은 제가 책임지고 불우한 사람들에게 전해질 수 있도록 하겠습니다. 그리고 저는 이 자리에서 여러분께 약속드립니다. 저는 앞으로 매주 토요일 특별한 일이 없는 한 버스킹을 해나갈 생각입니다. 저의 이 작은 성의와 노력으로 그분들이 조금이라도 행복해질 수 있다면 저는 결코 버스킹을 중단하지 않겠습니다. 짧은 시간이었으나 오늘은 준비한 곡을 전부 불렀네요. 다음 장소는 어디가 될지 모르겠지만 다시 만나 뵐 수 있기를 기대하겠습니다. 여러분, 고맙습니다."

강도영이 허리를 숙여 인사를 하자 군중의 입에서 폭탄이 터지는 것처럼 거대한 함성이 울려 나왔다.

그들은 진정으로 강도영의 약속에 믿음과 성원을 보내는 것 같았다.

난리가 나기 시작한 것은 강도영이 인사를 마치고 무대에서 내려왔을 때부터였다.

기다리고 있던 100여 명의 기자가 마치 포위 공격 하는 것처럼 몰려들었는데 맛있는 먹잇감을 해치우기 위해 덤벼드는 하이에나처럼 보일 지경이었다.

10명의 경호원이 강도영을 둘러싸고 기자들의 숲을 헤쳐 나가기 위해 기를 썼으나 기자들 역시 필사적으로 막았기 때문에 포위를 뚫는 건 쉬운 일이 아니었다.

그때 그 모습을 본 사람들이 몰려들기 시작했다.

사람들은 기자들이 강도영의 진로를 막으며 가지 못하게 막자 하나둘씩 몰려들어 기자들을 만류하더니 어느새 거대한 벽이 되어 길을 만들기 시작했다.

"막아!"

"비켜요, 왜 기자를 막고 그래요."

"당신들이 뭔데 강도영 씨를 괴롭혀요. 하지 말라고요!"

"기자가 취재를 하겠다는데 이런 경우가 어디 있어요. 비키라고요!"

"강도영 씨가 피곤해서 못 한다잖아요. 그러면 그냥 둬야지요. 좋은 일 하고 가는 사람을 왜 괴롭혀요. 그러다가 다치기라도 하면 어쩌려고 그래요!"

기자들이 몸부림을 쳤으나 사람들은 꿈쩍도 하지 않았다.

백여 명의 기자는 수없이 몰려든 인간 벽을 뚫지 못했는데 사람들은 강도영이 지나갈 때마다 뜨거운 박수로 그를 배웅해 주었다.

그런 사람들을 향해 강도영이 손을 흔들며 빠져나갔다.

"여러분, 감사합니다. 다음에 또 볼 수 있기를 바랄게요."

                    *   *   *

강도영의 버스킹은 순식간에 화제가 되어 SNS를 뒤집어놨다.

명동에서 눈으로 직접 강도영의 버스킹을 확인한 사람들은 그가 버스킹을 하게 된 이유를 전파하며 적극적인 동참이 필요하다고 열변을 토해냈다.

간혹가다 쇼맨십이라는 지적을 하는 사람들도 있었으나 그런 사람들은 대중들에게 가차 없이 뭇매를 두들겨 맞았다.

강도영이 군중에게 한 약속.

매주 토요일, 여건이 허락하는 한 지속해서 불우한 사람들을 돕기 위해 버스킹을 하겠다는 강도영의 약속이 있었기 때문이다.

정말 폭발적인 반응이었다.

전 언론이 강도영의 버스킹 장면을 기사로 올렸는데 명동 일대를 마비시켜 버린 이 사건은 근래 연예가 소식 중에서 가장 커다란 충격을 불러온 것이었다.

강도영이 직접 인터뷰를 하지 않았기 때문에 수많은 추측 기사가 난무했다.

사회적 약자들을 위해서라면 강도영의 인기로 봤을 때 콘서트를 여는 게 훨씬 효율적인데 굳이 생고생을 해가며 버스킹을 하는 이유가 이해되지 않는다는 것이었다.

또 하나는 그의 다음 버스킹이 어디냐는 것과 과연 언제까지 버스킹을 지속해 나갈 것이냐는 의문이었다.

강도영은 아시아 최고의 슈퍼스타이기에 스케줄로 따진다면 대통령보다 더 바쁜 사람이었다.

최근 들어 뜸했지만 이전까지의 활동을 본다면 그의 버스킹이 지속되기는 어렵다는 게 사람들의 중론이었다.

그럼에도 강도영의 버스킹은 멈춰지지 않았다.

잠실운동장, 일산 D백화점, 영등포역 등에서 매주 버스킹이 벌어졌고 그때마다 구름 같은 군중이 운집하면서 수많은 화제를 토해냈다.

　　　　*　　　　　　　*　　　　　　　*

"잘할 수 있을 거야."

"도영 씨, 나 겁나."

"저기 못생긴 현탁이도 열심히 하잖아. 현탁이는 이제 가수가 다 되었다니까."

"이 자식아, 그건 너 힘들까 봐 어쩔 수 없이 한 거지. 그리고 제발 다른 사람들한테 나 듣는 앞에서 못생겼다는 소리좀 하지 마라. 그거 팩트 폭력이야!"

버스킹을 하기 위해 분당으로 향하는 차 안에서 신은서의 긴장을 풀어주기 위해 한마디 하자 서현탁이 거품을 물며 강도영을 째려봤다.

하지만 눈에는 웃음기가 담겨 있어 신은서의 웃음을 끌어내기에 충분했다.

"맞아. 도영 씨, 그런 말 하는 거 아니야. 현탁 씨가 나름대로 얼마나 매력적인데. 인화 씨 들으면 혼나."

"하하하… 인화 씨가 나한테 해준 말인데, 뭐. 못생긴 현탁이를 구해준 천사가 자기라며 얼마나 자랑했다고."

"으이구, 하는 말이지."

강도영이 웃자 신은서가 가볍게 그의 어깨를 때리며 조심하라는 눈치를 줬다.

그러자 서현탁이 밝게 웃으며 신은서를 향해 입을 열었다.

"내버려 두세요. 저놈이 그런다고 나를 괴롭히지 않을 것 같아요. 그나저나 오늘 두 곡만 하는 거니까 너무 긴장하지 마세요."

"노래를 잘 못하니까 그렇죠."

"저도 하는데요. 사람들이 제가 노래하면 막 웃어요. 그래도 하다 보니까 얼굴에 철판을 두른 것처럼 뻔뻔해지더라고요."

"에이, 현탁 씨 정도면 수준급이에요."

"내가 노래를 잘한다고요?"

"그럼요. 아마 노래방에 가면 90점은 훌쩍 넘을걸요?"

"캬캬캬… 90점. 하긴 내가 노래방에 가면 저놈보다 점수는 더 잘 나와요."

서현탁이 통쾌하게 웃었기 때문에 신은서와 강도영이 어이없다는 얼굴로 따라 웃었다.

버스킹이 지속되면서 서현탁은 점점 노래하는 횟수를 늘려갔다.

강도영이 쉽게 지쳤기 때문인데 요즘 들어서는 거의 반씩 부담하고 있는 실정이었다.

버스킹을 시작한 후 강도영은 주변 사람들의 강압에도 병원에 가지 않았다.

어차피 치료조차 하지 못한다면 굳이 병원에 가서 자신의 절망적인 상태를 보고 싶지 않다는 이유 때문이다.

그럼에도 몸이 나빠지고 있는 게 눈에 보이기 시작했다.

버스킹을 시작할 때만 해도 생생했는데 한 달이 지나자 오래 서 있으면 지친 기색이 완연하게 보였다.

오늘 그들이 찾은 곳은 분당의 율동공원 광장이었다.

버스킹을 준비하는 동안 강도영으로 인해 억지로 노래 연습 했던 신은서가 처음 데뷔하는 무대이기도 했다.

그녀는 지난주 촬영을 끝낸 후 짐을 싸 들고 집으로 들어왔는데 강도영의 반대에도 막무가내였다.

율동공원의 오후는 사람들로 가득 차 있었고 강도영이 도착하기 전부터 사람들이 광장에 몰려드는 중이었다.

혹시라는 기대감 때문이었다.

워낙 강도영의 버스킹이 연일 화제를 불러 모으고 있었기 때문에 사람들은 페이스의 직원들이 드럼과 앰프를 설치하자 구름처럼 몰려들기 시작했다.

강도영이 나타나는 걸 확인한 사람들의 환성은 우레와 같았다.

그들은 예전처럼 휴대폰을 들어 강도영의 사진을 찍는 대신 거의 모든 사람이 통화를 시도했다. 주변 사람들에게 강도영의 버스킹이 율동공원에서 벌어진다는 것을 알려주려는 게 분명했다.

이제는 경험이 쌓여 이력이 붙었던지 이승환과 윤철욱, 그리고 페이스 직원들의 행동은 일사불란하게 움직였다.

사람들을 통제해서 모금함의 진입로에 줄을 쳤는데 어떤 사람도 그에 대해 불만을 터뜨리지 않았다.

버스킹이 시작되고 강도영이 노래를 부르자 사람들은 거대한 함성으로 그를 맞아주었다.

행복한 웃음. 모든 사람의 얼굴에 들어 있는 건 강도영을 만났다는 행복한 웃음이었다.

강도영에 이어 서현탁이 노래를 부른 후 이윽고 신은서가 무대로 나타나자 군중의 함성이 폭발적으로 커졌다.

꿈의 연인.

대중들은 강도영과 신은서를 부를 때 그렇게 불렀다.

더없이 어울리는 신비로운 한 쌍의 연인들.

스타임에도 언제나 겸손했고 어떤 스캔들조차 일으키지 않으며 대중들의 사람을 독차지하고 있는 두 사람의 사랑을 사람들은 열렬하게 지지했다.

신은서가 무대에 나왔을 때 강도영은 그녀의 옆에 섰다.

사랑하는 사람의 첫 무대를 응원하기 위해서였는데 그럼에도 신은서는 잔뜩 긴장한 채 도와달라는 신호를 계속 보냈다.

그러나 강도영은 움직이지 않은 채 그녀의 눈길을 고스란히 받으며 우두커니 서 있을 뿐이었다.

결국 그녀가 마이크로 다가가 입을 열었다.

"안녕하세요, 신은서입니다. 제가 오늘 여기에 온 것은 강도영 씨의 버스킹을 응원하기 위해서예요. 저는 불우한 분들을 돕기 위해 버스킹을 하고 있는 강도영 씨를 언제나 응원하고 있습니다. 여러분도 그렇죠?"

"네!"

"불우한 분들을 돕는 건 강도영 씨가 아니라 여러분이 주인공이라고 생각해요. 앞에 있는 모금함은 여러분의 정성으로 채워지는 거니까요. 이곳에 오기 전 노래를 부르기 위해 연습을 했지만, 저는 음치라서 여러분의 기대에 부응하지는 못할 거예요. 그래도 예쁘게 봐주시면 고맙겠습니다."

신은서가 말을 마치고 공손하게 인사를 한 후 강도영에게 시선을 주었다.

할 말은 다했으니까 전주를 시작해 달라는 신호였다.

서현탁이 먼저 드럼을 두들겨 신호탄을 쏘아 올리자 강도영의 기타가 그 뒤를 받쳤다.

그리고 노래가 시작되었다.

신은서가 선곡한 노래는 오래전 여자들의 사랑을 받았던 '보랏빛 향기'라는 곡이었다.

단조로운 음을 가지고 있으나 경쾌했고 여인의 떨리는 가습을 잘 표현해서 인기가 있었던 노래였다.

스스로 자수한 것처럼 그녀의 노래 솜씨는 형편없었다.

그럼에도 대중들은 무대에 서서 진심으로 노래하는 신은서의 모습을 바라보며 박수로 화답을 해주었다.

음치에 가까웠으나 아름다웠다. 사랑하는 사람을 위해 먼 길까지 달려와 용기를 내어 노래를 부르는 그녀의 모습은 눈부시도록 아름다운 것이었다.

*   *   *

강도영의 버스킹은 한 달이 넘으면서 변화를 보이기 시작했다.

신은서를 시작으로 게스트가 참여하기 시작하더니 삼 대 천왕 중의 한 명인 유혁이 나섰고 강민경을 비롯해서 심지어 10대들의 워너비 스타 '비스트보이'와 페이스가 보유한 배우들이 매번 등장했다.

12번의 버스킹을 벌이며 페이스가 발표한 모금액이 10억을 넘었는데 매번 강도영은 이 돈을 관련 정부 기관에 성금으로 기탁하고 있었다.

대중들은 강도영의 행보에 열렬한 환호를 보내고 있었지만 기자들 입장에서는 죽을 맛이었다.

금요일만 되면 강도영의 다음 버스킹 장소가 어디가 될지 추측하느라 골머리를 앓았고 조금이라도 더 빨리 정보를 캐치하기 위해 갖은 방법이 다 동원되었다.

주간연예의 김소영은 명동으로 향하며 한숨을 길게 내쉬었다.

오늘은 다행스럽게 강도영의 버스킹이 첫 무대였던 명동이라는 정보를 입수했기 때문이다.

강도영은 12번의 버스킹을 하는 동안 장소를 가리지 않고 돌아다녔다.

광주에도 갔고 대구에도 갔으며 부산 해운대도 갔기 때문에 미리 사전에 정보를 입수하지 못한다면 취재가 불가능한 실정이었다.

그나마 다행인 것은 최근 들어 페이스 쪽에서 기자들에게 슬며시 정보를 흘리고 있었다.

"오늘은 누가 나올까?"

"그걸 내가 어떻게 아니. 그것만은 절대 비밀로 하잖아. 그리고 그게 뭐가 중요하겠어. 강도영이 버스킹을 한다는 게 중요한 거지."

"하긴… 그래도 이젠 궁금해. 어떤 스타들이 동참할지 막 기대가 된다니까."

김소영이 웃으며 말하자 그녀의 단짝 TCN의 연예부 기자 이미숙이 따라 웃었다.

그녀들은 한 달 전부터 강도영의 버스킹을 취재하기 위해 붙어 다녔는데 요즘 들어 회사에서는 토요일만 되면 그녀들이 돌아오기를 학수고대했다.

명동에 도착해서 일찌감치 자리를 잡고 기다리자 페이스의 직원들이 악기를 차에 싣고 들어오는 것이 보였다.

카메라맨들을 주변 옥상에 배치시킨 그녀들은 직접 고성능 사진기를 가슴에 매단 채 강도영이 도착하기를 기다렸다.

사람들은 악기가 세팅되는 순간부터 몰려들고 있었는데 미리 직감했던지 여기저기서 강도영의 이름이 새어 나오고 있었다.

그 모습을 보면서 김소영이 입맛을 쩝쩝 다셨다.

늘 보는 장면이었지만 아직도 적응이 되지 않는다.

한 사람의 영향력이 이토록 큰 것을 보면서 스스로 자신은 지금까지 뭐 하고 살았나에 대한 자괴감이 들었다.

"정말, 강도영 대단해."

"요즘은 광고 몇 개 촬영한 거 빼고는 아무것도 안 하고 이것만 한대. 아무리 생각해도 뭔가 있어. 그렇지 않고서는 이 생고생을 할 리가 없잖아."

"너도 그렇게 생각했구나. 사실은 나도 계속 그런 생각을 하고 있었어."

"넌 뭐라고 생각하니?"

"명예? 아니면 인기? 그것도 아니면 장기적인 투자?"

"에이… 그런 건 아니다."

"그럼 넌 뭐라고 생각해?"

"강도영은 돈에 초월한 사람 같아. 번 돈의 대부분을 사회에 환원하고 있는 걸 보면 가끔 미친 사람 같다는 생각도 들어. 아무리 성인군자라 해도 돈 앞에서는 그렇게 할 수 없을 텐데 말이지. 더군다나 명예나 인기는 이미 얻고 있으니 돈에 초월한 사람이 장기적인 투자를 왜 하겠어."

"그래서 네가 생각하는 이유는 뭐냐니까!"

"그냥 즐기는 거 아닐까. 없는 사람들을 도와주는 것에 대한 즐거움 말이야. 왜 사람들이 마지막 순간이 되면 봉사를 가장 큰 즐거움으로 삼는다잖아."

"어이없는 것 같으면서도 묘하게 설득력이 있네."

"호호… 그렇지?"

"야, 강도영 도착했다."

김소영이 웃는 걸 보다가 멀리서 검은색 밴이 다가오는 걸 확인한 이미숙이 소리를 버럭질렀다.

오래전부터 기다렸기 때문에 가장 좋은 자리를 차지하고 있었지만 그녀들은 자리에서 벌떡 일어나 카메라를 들어 올려 강도영이 내리는 걸 사정없이 찍기 시작했다.

그럼에도 움직이지는 않았다.

주변에 수많은 기자가 있었지만 그들 역시 강도영을 향해 다가갈 엄두조차 내지 못했다.

처음 버스킹이 있었던 날 이후로 사람들은 기자들이 강도영한테 다가가는 걸 자발적으로 가로막았는데 그걸 뚫으려고 시도했던 기자들은 욕을 바가지로 먹었다.

저런 사랑을 받는 스타라니…….

지금까지 어떤 스타도 사람들이 스스로 나서서 보호하려고 노력한 적은 없었다.

한편으로는 억울한 생각도 들었지만 한편으로는 너무나 감동적인 장면이라는 생각이 들었다.

질서 정연 하다.

이미 그녀들의 주변에는 2천 명 가까이 운집하고 있었으나 사람들은 조용히 앉아 버스킹이 시작되기를 기다리고 있었다.

더 재미있는 건 강도영이 오기 전부터 사람들이 모금함에 돈을 넣고 있었다는 것이다.

드디어 강도영이 무대 위에 올랐고 버스킹이 시작되었다.

아무리 들어도 질리지 않을 만큼 강도영의 가창력은 특별함을 가지고 있었다.

뜨거운 환호가 수없이 이어졌고 특별 게스트로 나온 걸그룹 '피앙세'의 멤버 신연아까지 등장하자 사람들은 아낌없이 박수를 쳤다.

신연아의 가창력은 걸 그룹 멤버답지 않게 훌륭했는데 그녀들의 히트곡 '질투'의 마지막 파트의 고음 부분은 웬만한 기성 가수 뺨칠 정도로 대단한 것이었다.

사고는 그녀가 노래의 마지막을 향해 달려갈 때 발생했다.

그녀의 노래를 반주하던 강도영이 무릎을 꿇으며 바닥으로 쓰러졌다.

노래하던 신연아가 깜짝 놀라며 마이크를 놓쳤고 드럼을 연주하던 서현탁이 스틱을 던지며 뛰어나와 강도영을 부축했다.

뒤쪽에서는 이승환과 윤철욱이 100m 육상 선수처럼 달려왔는데 연신 경호원들을 부르며 울부짖는 게 보였다.

김소영은 너무 놀라 움직일 수조차 없었다.

버스킹장이 순식간에 난장판으로 빠졌으나 사진을 찍어야 한다는 사실조차 잊어버린 채 얼빠진 사람처럼 중얼거리기만 했다.

"강도영이 쓰러졌어… 강도영이……."

제59장
당신의 이름으로 I

　지금까지 군중에 막혀 움직이지 않던 기자들이 필사적으로 강도영을 추적하기 시작했다.

　군중 역시 그런 기자들을 막지 못했다.

　워낙 충격적인 일이 순식간에 발생했기 때문에 명동 일대를 가득 메운 사람들은 강도영이 경호원들에 의해 옮겨지는 것을 바라보며 멍하니 서 있을 뿐이었다.

　김소영은 강도영이 쓰러진 후 경직된 채 잠시 움직이지 않다가 다른 기자들이 미친 듯이 뛰어가는 걸 보며 카메라를 뒤에 매단 채 전력으로 뛰기 시작했다.

옆에 있던 이미숙은 사람들에 파묻혀 이미 보이지 않았다.

몸이 부서지는 것 같았다.

주위에 구름처럼 서 있던 사람들의 틈을 비집고 빠져나가는 일은 결코 쉬운 일이 아니었다.

그럼에도 그녀는 달렸다.

많은 기자가 군중에 갇혔으나 그녀는 강도영이 빠져나간 쪽에 자리를 잡고 있었기 때문에 무사히 군중의 숲을 탈출할 수 있었다.

강도영을 업은 경호원들의 뒤를 추적하자 대기하고 있던 앰뷸런스가 보였다.

앰뷸런스를 보는 순간 김소영의 머릿속이 번쩍거리는 불빛으로 가득 찼다.

페이스 쪽에서 미리 앰뷸런스를 대기시켜 놓고 있었다는 건 강도영이 쓰러질지 모른다는 사실을 이미 예상하고 있었다는 것이기 때문이다.

앰뷸런스에 강도영을 싣는 걸 보며 그녀는 다가오는 택시의 앞을 가로막았다.

천운이다.

택시는 마침 두 명의 여자를 토해내고 있었는데 그녀가 가로막자 기사가 소리를 버럭 지르며 화를 냈다.

김소영은 기사가 화를 내는 소리를 듣고도 지체 없이 택시

문을 열어젖히며 지갑에서 10만 원을 꺼내 기사의 손에 쥐어 주었다.

"기사 아저씨, 저 앰뷸런스를 따라가 줘요."

"저 차가 어디로 가는 건데요?"

"그건 몰라요. 하지만 가까운 곳으로 갈 거예요."

"좋수다."

대충 감을 잡은 택시 기사가 앰뷸런스를 따라 액셀러레이터를 밟기 시작했다.

앰뷸런스는 비상등을 켠 채 한쪽 방향을 잡고 정신없이 달렸는데 버스 전용 차선과 일반 차선을 가리지 않고 돌진하는 중이었다.

그 뒤를 꽤 많은 차가 따랐다.

상당수의 기자가 군중에게 갇혔지만 살아남은 기자들도 꽤 많았던 모양이었다.

"도영아, 다 왔어. 조금만 참아!"

서현탁은 S대 정문이 보이자 고통스러워하는 강도영을 향해 소리를 질렀다.

똑같은 증상이다.

강도영은 자신의 가슴을 부여잡고 고통스러워했는데 얼마나 힘이 들었는지 이빨을 악문 채 견디고 있었다.

미리 전화를 넣었기 때문에 병원에 도착하자 응급실 담당 의사와 간호사가 대기하고 있는 것이 보였다.

그들은 김홍순 박사에게 지시를 받았는지 강도영을 응급실이 아닌 특실로 바로 옮긴 후 고통을 완화시키는 진통제를 투여했다.

그때서야 웅크리고 있던 강도영이 길게 몸을 늘어뜨리며 점점 일그러졌던 얼굴이 평온하게 돌아왔다.

"도영아!"

"조용히 해. 시끄럽다, 이놈아."

겨우 고통에서 풀려난 강도영이 힘겹게 서현탁을 향해 미소를 지었다.

그러나 서현탁은 무섭게 굳어진 얼굴로 그를 바라볼 뿐이었다.

병실에는 두 사람밖에 없었다.

의사와 간호사들이 한참 동안 체온을 재고 간단한 검사들을 한 후 병실에서 사라졌기 때문이다.

병원에 들어서면서 이승환과 윤철욱은 경호원들을 대동한 채 기자들을 상대하느라 정신이 없었고 연락을 받은 신은서는 지금 달려오는 중이었다.

"어디가 아픈 거냐. 저번하고 똑같아?"

"응, 그 병이 어디 가겠냐."

"이런… 씨발."

강도영의 대답을 들은 서현탁이 고개를 푹 숙였다.

이제 겨우 4개월이 조금 지났을 뿐이었다.

6개월 정도 지날 때마다 생겼던 통증이 이제 4개월로 단축되었다는 것은 강도영의 병세가 점점 악화된다는 걸 의미하고 있었다.

"현탁아, 너도 힘들었을 텐데 나가서 쉬어라."

"이 자식아, 난 괜찮아."

"내가 졸려서 그래. 진통제를 맞아서 그런가 졸리네."

"그럼 자라. 난 네 옆에 있을 테니까."

"불편해서 그래, 인마. 정 답답하면 사장님한테 가봐. 지금 정신없을 거야."

"알았다. 그럼 자고 있어. 잠깐 나갔다 올게. 곧 은서 씨 올 거다."

"응."

떨어지지 않는 발걸음으로 서현탁이 나가자 강도영이 천천히 눈을 감았다.

좋지 않다.

시간이 흐르면서 점점 자신의 몸 상태가 나빠진다는 것이 느껴질 정도였다.

욕심이 화를 부른 것 같았다.

다시 한 번 유전자 성형을 받으면 살 수 있다는 희망을 가졌지만 그때 이후로 암세포가 몸을 갉아먹기 시작했다.

그리고 지금은 급속도로 퍼지고 있는 것 같았다.

유전자 성형을 받기 전까지는 변이가 진행되었어도 암세포가 활성화되지는 않았었다.

결국 이런 상황을 만든 것은 스스로 자초한 것이었다.

불행했던 삶을 살아온 것이 불쌍해서 영역을 침범했음에도 너그럽게 용서해 줬던 신은 두 번째의 도발만은 허락하지 않은 채 징벌을 내리고 있는 것이 분명했다.

살려달라는 말 대신 용서를 빌었다. 그리고 마지막 삶을 조금만 더 살게 해달라고 부탁을 드렸다.

아직 할 일이 남아 있었다.

6개월만 더 살 수 있다면 자신이 생각했던 마지막 삶을 충실하게 살다갈 수 있을 것 같았다.

김홍순 박사는 강도영을 수면 상태에 빠뜨린 후 정밀 검사에 들어갔다.

강도영이 정밀 검사를 받은 지 4개월 만이었다.

계속 병원에 들러 진찰을 받으라고 했으나 강도영은 말을 듣지 않고 그동안 병원에 오지 않았다.

예상했던 것처럼 좋지 않았다.

전신에 퍼져 있던 암세포는 증식을 거듭하며 상당 부분 장기를 손상시킨 상태까지 진행되어 있었다.

결과 시트를 바라보며 김홍순 박사는 거듭 한숨을 내리쉬었다.

전화를 하지 않았지만 최근 강도영이 무슨 짓을 하고 있는지 언론을 통해 여과 없이 지켜보고 있었다.

이제 겨우 34살.

이 젊은 친구는 도대체 무슨 생각을 가지고 저런 삶을 살아가는 것일까.

자신의 아들도 비슷한 나이였으나 강도영과는 비교조차 할 수 없을 정도로 천덕꾸러기의 삶을 살아간다.

곧 죽을지도 모르는 사람이 남을 위해 희생한다는 건 말은 쉬울지 몰라도 불가능에 가까운 일이었다.

그럼에도 강도영은 오직 다른 사람을 위해 자신의 남은 삶을 살아가고 있었다.

부끄럽고, 미안하고, 슬펐다.

이런 젊은이가 곧 세상을 등져야 한다는 현실이 그를 가슴 아프게 만들어 눈물이 흐르는 걸 막지 못했다.

천천히 자리에서 일어났다.

병실로 걸어가는 발걸음이 떨어지지 않았으나 그는 이를 악물고 병실을 향해 걸어갔다.

가서 말릴 생각이었다.

이런 상태라면 지금도 고통이 심할 것이기에 강도영의 마지막을 병원에서 편하게 쉬다가 보내주고 싶었다.

문을 열고 들어서자 침대에 누워 눈을 감고 있는 강도영과 그 옆을 지키는 사람들이 보였다.

서현탁과 신은서의 눈을 붉어진 상태였는데 많이 울었던 것 같았다.

그가 들어서자 한쪽에 서 있던 이승환이 급하게 다가왔다.

"박사님, 어떻습니까?"

이승환의 질문에 서현탁과 신은서가 동시에 벌떡 자리에서 일어났다.

그들 역시 궁금증을 참지 못해 편안하게 자리에 앉아 있지 못했다.

"강도영 씨의 상태는… 많이 나빠졌습니다."

"얼마나요… 얼마나 나빠진 겁니까?"

"암세포의 전이가 상당 부분 진행되었어요. 그래서… 아무래도 병원에 남아 있어야 할 것 같습니다."

김홍순 박사가 힘겹게 말을 뱉어내자 신은서가 자리에 풀썩 주저앉으며 두 손으로 얼굴을 가린 채 오열을 터뜨렸다.

그녀에게는 김홍순 박사의 말이 사형선고로 들렸던 모양이었다.

그것은 서현탁도 마찬가지였다.

신은서처럼 자리에 주저앉지 않았지만 그의 눈에서는 진한 눈물이 방울방울 쏟아지고 있었다.

그때 눈을 감고 있던 강도영이 천천히 눈을 떴다.

"박사님… 얼마나 살 수 있습니까?"

"장담할 수 없군요. 벌써 꽤 진행되었기 때문에 얼마나 더 살 수 있을지 장담할 수 없는 상태예요. 이제 3기로 들어갔어요. 하지만 강도영 씨는 어느 특정 부위가 아니기 때문에 기간을 말할 수가 없습니다."

"6개월은 버틸 수 있을까요?"

"버틸 수도… 그렇지 않을 수도… 도영 씨, 한 가지만 묻겠습니다. 이런 상태라면 평상시에도 고통을 느껴야 정상이에요. 고통이 꽤 심했을 텐데 왜 병원에 오지 않았죠?"

"고통은 없었습니다. 이런 경우를 빼면 말이죠. 점점 피곤함이 심해지고 구토 증세가 있었지만 통증은 없었어요."

"이상한 일이네요. 그래도 이제부터는 병원에 있어야 합니다. 지금까지는 도영 씨 신체가 어떻게 버텼겠지만 앞으로는 꽤 심한 고통이 수반될 거예요. 그러니까 병원의 도움을 받으세요."

"그렇게는 하지 않을 겁니다. 저는 아직 할 일이 남았거든요."

단호하게 강도영이 김홍순 박사의 제의를 거부했다.

그의 눈은 고통 속에서도 굳어져 있었는데 절대 자신의 의지를 꺾지 않겠다는 고집이 가득 담겨 있었다.

그 눈을 보면서 김홍순 박사의 표정이 천천히 일그러졌다.

그러고는 곧 불같이 화를 내기 시작했다. 그의 음성은 지금까지와는 전혀 달랐는데 마치 이성을 잃은 사람처럼 느껴졌다.

"이봐, 도영 씨. 내가 그동안 계속 참았는데 이젠 더 이상 참을 수 없겠구만. 나를 의사라 생각하지 말고 도영 씨보다 오래 산 나이 많은 인간이라 생각하고 내 말 들어. 도영 씨는 할 만큼 했어. 그만하면 됐다고. 자신마저 해쳐가며 남을 돕는다는 건 어리석은 일이야. 남들도 그런 것은 원하지 않는단 말일세. 자네의 의지는 아집에 불과하다는 걸 왜 모르나!"

"박사님… 저는, 마지막을 하고 싶은 일을 하면서 끝내고 싶어요. 그래서 그런 거니까 이해해 주세요."

"하고 싶은 게 뭔데. 남들 오지랖을 닦아주는 게 자네가 하고 싶은 일이야!"

"그게 저한테 남은 마지막 기쁨이거든요."

"…이 고집불통 같으니라고. 네 마음대로 해라, 이 나쁜 자식아!"

서현탁은 김홍순 박사의 검사 결과를 듣고 조용히 병실에서 빠져나왔다.

이제는 더 이상 숨길 수 없었다.

강도영은 계속해서 절대 말하면 안 된다고 고집을 부렸으나 아들이 죽을 때까지 모르게 한다는 것은 있을 수 없는 일이었다.

강도영은 자신의 부모님이 걱정할까 봐 그렇게 해달라고 부탁을 했으나 강성두와 정영숙이 뒤늦게 그 사실을 안다면 더욱 커다란 슬픔을 느끼게 될 것이다.

부모와 자식은 천륜으로 이어진 사이라고 하지 않았던가.

어떤 부모를 자식이 죽어가는 것도 모른 채 웃으며 살아가게 만들 수 있단 말인가.

비록 친구의 부탁이라도 절대 그것만은 해서 안 될 일이었다.

또 하나의 이유는 강도영의 마지막을 외롭게 만들고 싶지 않았기 때문이다.

놈이 죽을 때까지 절대 옆에서 떨어지지 않겠지만 자신이 하는 것과 가족들이 할 일은 분명 다를 것이다.

저장되어 있는 전화번호를 천천히 눌렀다.

그러고는 눈을 감고 강성두가 전화 받기를 떨리는 마음으로 기다렸다.

이 슬픈 사실을 어떻게 전달해야 할지 두려워서 당장에라도 전화기를 꺼버리고 싶다는 마음이 굴뚝처럼 피어올랐다.

그럼에도 서현탁은 이를 악물고 참았다.

―현탁이냐? 웬일이야, 바쁜 사람이?

"아버지, 지금 어디세요?"

―응, 나는 일하는 중이지. 여기 청담동을 지나는 길이다.

"그럼 지금 S대 병원으로 와주세요."

―…병원에는 왜?

단박에 낌새를 눈치챘는지 강성두의 말이 흐려서 나왔다.

그랬기에 서현탁의 목소리가 조금 더 낮아졌다.

"도영이가 입원을 했어요."

―또 감기냐?

"아뇨… 실은 아버지, 도영이가 크윽… 많이 아파요."

눈물 섞인 목소리에 강성두가 대답을 하지 않았다.

분명 울음은 섞여 있었으나 서현탁의 목소리는 떨렸을지언정 정확하게 전달되었다. 강성두는 잠시 동안 침묵을 지켰다.

그런 후 서현탁의 울음이 계속되자 천천히 입을 열었다.

―어디가 아픈 거니?

"암이랍니다. 그것도 상당 부분 진전되어서 얼마 남지 않았다고……."

또다시 침묵이 흘렀다.

그러나 이번 침묵은 이전보다 훨씬 길었고 다시는 강성두의 목소리를 들을 수 없었다.

초조한 시간이 흘렀다.

병실에는 강도영과 신은서만 남겨놓은 채 서현탁은 병실에 들어가지 못하고 복도를 서성거렸다.

얼마나 시간이 지났을까.

저 멀리 맞은편 복도에서 허겁지겁 달려오는 사내의 모습이 보였다.

이제 어느덧 흰머리가 덮여 있고 허름한 잠바를 입은 강성두는 뒤뚱거리며 그 긴 복도를 달려오고 있었다.

"현탁아… 우리 도영이, 도영이 어디 있니?"

*   *   *

도란도란 신은서와 이야기를 나누던 강도영은 문을 열고 들어서는 아버지 강성두의 모습을 확인하고 눈을 부릅떴다.

강성두는 천천히 다가왔는데 너무 지쳐 금방이라도 쓰러질 것 같은 모습을 하고 있었다.

"아버지……."

강도영이 불렀으나 그는 아무런 대답을 하지 않았다.

그저 휘청거리며 다가와 강성두는 아들의 얼굴을 쓰다듬었을 뿐이다.

"우리 아들, 힘들었겠구나."

"죄송… 합니다."

"네가 왜 죄송해. 다 너를 그렇게 아프도록 낳은 우리가 죄를 저질렀기 때문인 걸… 도영아, 아버지가 정말 미안하다."

"아니에요, 아버지. 그러지 마세요. 그러지… 마세요……."

따스하다.

자신의 얼굴을 어루만지는 아버지의 손길은 너무나 따스해서 영원히 이대로 있고 싶었다.

아버지는 울지 않으려 애를 쓰고 있었다.

그 모습에 오히려 눈물이 쏟아지기 시작하면서 서러움이 복받쳐 올라왔다.

아버지의 잘못이 아닙니다. 모든 것은 제가 선택했던 것이었어요.

"도영아, 아프지는 않니?"

"괜찮아요. 처음보다 많이 좋아졌어요."

"그래, 그렇다면 다행이구나."

말을 하고 있었지만 강성두의 행동은 허깨비를 보는 것처럼 느껴졌다.

이를 악문 채 눈물을 흘리지 않기 위해 애를 쓰는 건 이해할 수 있었으나 강도영을 바라보는 눈길에 담긴 절망은 너무 깊어 살아 있는 자의 눈이 아닌 것처럼 보였다.

차라리 울었다면 덜 마음이 아팠을 텐데 강성두는 아들이 걱정할까 봐 눈물조차 제대로 흘리지 못하고 있었다.

병실에서 빠져나와 김홍순 박사에게 상세한 이야기를 들은 강성두는 휘청거리며 화장실로 찾아 들어가 아무도 없는 변기에 앉았다.

그러고는 참고 참아왔던 눈물을 흘리며 통곡을 쏟아냈다.

아들은 살 수 있는 가능성이 전무했고 그나마 길어야 6개월이란 사형선고를 받아놓은 상태였다.

벌써 오래되었다는 말을 들은 후 가슴이 미어져 질문조차 할 수 없었다.

그저 감기인 줄 알았다.

병원에 입원했어도 금방 퇴원했기 때문에 무리하게 일하다가 과로로 인해 생긴 작은 병이라 생각했다.

그런데 이런 일이 벌어지고 있었을 줄이야…….

그의 삶은 강도영이 영화배우가 된 후부터 많은 변화가 일어났다.

작고 더러웠던 집에서 벗어나 서초동 중심가에 남들이 부러워하는 아파트로 이사했고, 아들이 준 거액이 통장에 그대로 들어 있어 노후를 걱정할 필요도 없었다.

아직까지 택시를 몰고 있는 건 평생 동안 일해왔던 습관을

버리지 못했기 때문이 아니라 아들이 슈퍼스타이기에 더 열심히 살아야 한다고 생각을 가졌기 때문이다.

남들은 아시아 최고의 슈퍼스타를 아들로 둔 그가 택시 운전 하는 걸 보면서 아들 망신을 준다고 손가락질했지만 그의 생각은 달랐다.

주어진 위치에서 최선을 다하는 삶을 살아가야 강도영도 마음껏 날개를 펴고 일할 수 있다는 게 그의 판단이었다.

강도영은 그런 그를 한 번도 부끄럽게 생각한 적이 없었다.

아니, 오히려 열심히 일을 하는 그를 볼 때마다 활짝 웃으며 응원을 아끼지 않았다.

아들의 외모가 변하기 시작한 후 바늘방석에 앉은 것처럼 불안한 나날들을 보냈다.

부모로서 어찌 그런 변화를 눈치채지 못하겠는가.

강도영은 날 때부터 남들보다 특이하게 못생긴 외모를 지닌 채 태어났지만 고아인 그에게는 더없이 소중한 존재였고 하늘이 주신 단 하나의 선물이었다.

하루 종일 지치고 힘들었어도 자신을 기다리던 아들이 아장아장 기어와 반겨줄 때마다 더 열심히 살아야 한다는 각오를 되새겼다.

못난 외모로 아들이 자살을 시도할 때는 자신이 먼저 죽고 싶었다.

아들이 고통스러워할 때마다 더 큰 고통을 받았고 아들이 절망할 때마다 더 큰 절망을 느껴야 했다.

어느 날 문득 아들의 외모가 변하는 걸 보면서 기쁨과 동시에 잠을 이룰 수 없는 불안감에 어쩔 줄을 몰라 했다.

이미 성장기가 끝난 아들이 새로 태어난 것처럼 외모가 변했다는 건 뭔가 커다란 일이 생겼기 때문이라는 걸 충분히 직감할 수 있었다.

그럼에도 묻지 못했다.

아들은… 외모로 인해 너무 커다란 고통과 절망 속에서 살아왔으니까…….

세월이 지나면서 영화배우가 되었고 승승장구를 거듭하며 최고의 스타로 거듭할 때마다 그는 정영숙과 함께 불안감을 잊고 서서히 행복에 젖어갔다.

강도영은 영화배우가 되어 스타가 된 이후에도 여전히 착했고 현명했으며 세상에 둘도 없이 사랑스러운 아들이었다.

그때로 돌아갈 수만 있다면 얼마나 좋을까.

잘생긴 외모로 사람들의 사랑을 한 몸에 받는 슈퍼스타가 아니라 못생긴 외모를 지녔어도 아들이 오랫동안 행복하게 살 수만 있다면 무슨 짓이라도 할 수 있을 것 같았다.

그러나 이제 너무 늦어 아무것도 할 수 없다는 현실이 그를 절망 속으로 몰아넣었다.

하나님… 차라리 저를 데려가 주세요.

제 아들 대신 저를… 제 목숨으로 부족하다면 집사람도 함께하겠습니다.

그러니 제발… 제 아들을 살려주세요. 제발…….

김소영은 S대 병원에 도착해서 강도영이 옮겨지는 걸 확인하고 급하게 뒤를 따랐지만 10층 복도에 내리자마자 양복 입은 사내들의 제지를 받았다.

사내들은 건장한 체격을 지녔는데 한눈에 척 봐도 무술 유단자처럼 보일 정도였다.

"왜 막고 그래요?"

"기자시죠?"

"아닌데요."

"그럼 그 카메라는 뭡니까?"

김소영이 시치미를 뗐지만 가슴에 매달린 카메라를 보며 사내가 어이없다는 웃음을 짓자 말문이 막혔다.

이런, 제길.

뒤늦게 카메라를 확인한 김소영의 얼굴이 붉어졌지만 그녀는 기자답게 사내를 똑바로 쏘아보며 싸늘하게 말을 던졌다.

"기자면 병원에도 들어가지 못하나요? 당신들이 뭔데 병원 출입도 막는 거죠?"

"이쪽은 출입 통제가 되었으니까요. 여기 병실은 하나밖에 없습니다. 그러니까 볼일이 있다면 다른 곳으로 가보세요."

완강한 태도.

5명의 사내는 복도를 가로막고 있었는데 어떤 사람이 와도 통과시켜 주지 않을 기세였다.

그때 엘레베이터 문이 열리며 기자들이 우르르 쏟아져 나와 그녀를 향해 엎어지듯 다가오는 게 보였다.

입맛이 썼다.

제일 먼저 도착한 것은 그녀였는데 아무런 소득 없이 합동 작전을 펴야 할 판이었다.

이승환과 윤철욱이 나온 것은 기자들과 사내들이 몸싸움을 벌이며 실랑이를 하고 있을 때였다.

"사장님, 이런 법이 어디 있어요. 기자들의 취재를 방해하는 건 위법이란 거 몰라요?"

"자… 자, 진정하시고 잠시만 조용해 주세요. 그러면 자초지종을 말씀드릴게요."

"강도영 씨가 왜 쓰러진 겁니까?"

"어디 많이 아픈가요?"

"앰뷸런스가 미리 대기하고 있었는데 회사 쪽에서는 강도영 씨가 아픈 걸 알고 있었던 거죠?"

이승환이 앞으로 나서서 기자들을 진정시키려 노력했으나

여기저기서 벌 떼처럼 질문이 쏟아졌다.

그 와중에 또다시 엘레베이터가 도착하면서 더 많은 기자가 쏟아져 나왔는데 벌써 복도에는 30명 이상이 몰려들었다.

그런 기자들을 보면서 이승환이 손을 번쩍 들어 소란을 가라앉혔다.

제일 좋은 방법은 병원 측에서 기자들을 차단해 주는 것이었지만 토요일 오후라는 특성과 갑작스러운 입원 때문에 병원도 정신이 없는 것 같았다.

"여러분, 잠시 조용해 주시고 지금부터 제가 질문을 받겠습니다. 먼저 질문에 앞서 오늘 벌어진 일에 대해서 잠시 설명을 드리겠습니다. 도영이가 매주 토요일 버스킹을 해왔다는 걸 여러분도 잘 아실 겁니다. 주중에 광고 촬영을 비롯해서 격무에 시달렸고 주말에 쉬지도 못한 상태에서 버스킹을 했기 때문에 며칠 전부터 피곤하다며 힘들어했습니다. 오늘 쓰러진 건 과로에서 비롯된 것이라는 걸 미리 말씀드립니다."

"사장님, 거 뻔한 스토리 말고 진실을 말해주시죠. 강도영 씨는 벌써 4번째 병원에 실려 왔잖습니까. 사람이 아프면 아프다고 말해주셔야죠. 그게 무슨 비밀이라고 매번 뻔한 거짓말을 하는지 모르겠습니다."

"말조심해요, 거짓말이라니. 아무리 기자라도 그렇게 내지르지 마세요."

"사람이 과로로 쓰러지는 게 어디 있어요. 그리고 저번에는 피투성이가 되어 실려 왔잖아요. 과로로 쓰러진 사람이 고통스러워서 몸을 웅크리고 끙끙 앓는단 말입니까. 전혀 상식적으로 이해되지 않으니까 하는 말 아니요!"

이승환이 고함을 지르자 대한일보의 김용재가 벌컥 화를 냈다.

한두 번 당하는 것도 아니었기에 기자들을 대표해서 이승환에게 반격을 시도했는데 지금까지 제대로 된 기사를 쓰지 못해 병신 된 적이 여러 번 있었기 때문이다.

정확한 사실 추궁에 이승환은 잠시 말문이 막혔다.

기자들은 그동안 강도영을 추적하면서 상당히 많은 정보를 얻어냈고 목격자들의 증언까지 가졌기 때문에 그냥 물러날 기세가 아니었다.

그럼에도 이승환은 강호의 늑대답게 기자들의 추궁에 당당하게 맞섰다.

"여러분들의 말씀을 들어보니 마치 도영이가 죽을병에라도 걸렸기를 바라는 것 같군요. 좋습니다. 기자분들 말씀이 맞다고 칩시다. 그럼, 그렇게 아픈 도영이가 불과 며칠 사이에 완쾌되어 병원에서 퇴원한 건 어떻게 설명할 겁니까. 도영이는 2년 사이에 4번 병원에 입원했어요. 그리고 3일 정도 지나서 전부 퇴원했습니다. 이런 건 몸이 재산인 연예인들 사이에서 흔히 벌어지는 일이잖아요. 기자분들께서 도영이에 대한 관심이 크다는 건 잘 알고 있습니다. 자, 그러니 흥분을 가라앉히고 천천히 질문해 주세요."

"제가 알기로 강도영 씨가 버스킹을 할 때마다 앰뷸런스가 대기하고 있었습니다. 그에 대한 해명을……."

"병원 측 관계자의 증언에 따르면 강도영 씨에게 진통제가 처방되었다고 하던데 감기나 과로에는 그런 처방이 없습니다. 통증이 없다면……."

"강도영 씨는 병원에 올 때마다 3일에서 5일씩 입원했고 고열에 시달렸습니다. 더군다나 요즘 들어와서는 고통 때문에 제대로 밥도 먹지 못했다고 들었습니다……."

정영숙은 아들이 입원했다는 남편의 전화를 받고 병원에 왔다가 뒤늦게 사실을 알고 실신해 버렸다.

그녀는 정신을 잃은 와중에도 계속해서 눈물을 흘리고 있었는데 자식의 죽음이 눈앞으로 다가왔다는 사실을 거부라도 하려는 듯 연신 허공을 향해 손을 휘젓고 있었다.

그러나 정신을 차린 그녀는 더 이상 충격에 빠진 가녀린 여자가 아니었다.

온 정성을 기울여 아들을 돌봤다.

매 시간마다 수건에 물을 묻혀 아들의 몸을 닦아주었고

불편한 것이 없는지 물어가며 병상을 지켰는데 누군가 그녀를 떼어내기라도 한다면 죽기를 각오하고 싸울 기세였다.

강도영은 그런 엄마의 모습을 보면서 또다시 가슴이 미어졌다.

잠시 병실을 비울 때마다 엄마의 눈은 시뻘겋게 변한 채 돌아왔는데 사람들이 없는 곳에서 가슴을 쥐어뜯으며 울었을 것이다.

참으로 이상한 병이다.

전신이 온통 암세포로 잠식되었다는데 3일이 지나자 고통이 줄어들기 시작하더니 체온도 정상을 찾아갔다.

이틀을 더 쉬고 강도영은 퇴원을 결심했다.

어차피 치료조차 되지 않은 한 하루라도 빨리 퇴원해서 아직 하지 못한 일들을 마무리 짓고 싶었다.

그런 강도영의 주장에 김홍순 박사는 아예 내려와 보지 않았고 병원 측에서도 난색을 보였다.

S대 병원 측에서도 난감한 일이었을 것이다.

아시아 최고 스타가 이런 중병에 있다는 걸 알면서도 퇴원 수속을 밟아주었다는 걸 언론이 아는 순간 병원을 잘근잘근 씹어댈 게 분명했다.

그럼에도 병원은 강도영의 퇴원을 결국 말리지 못했다.

본인이 강력하게 희망하는 이상 병원 측에서도 말릴 방법이 없기 때문이다.

정영숙은 퇴원하는 아들을 집으로 데려가고 싶어 했으나 강도영의 반대와 신은서의 간절한 부탁으로 고집을 꺾고 말았다.

신은서는 강도영과 마지막까지 함께하고 싶다며 눈물을 보였기에 정영숙도 끝내 그녀의 손을 잡은 채 한동안 눈물을 쏟아낼 수밖에 없었다.

언론은 그가 입원해 있는 동안 수많은 추측 기사를 보도했는데 주 내용은 그의 건강에 문제가 있다는 것이었다.

〈강도영, 또다시 입원〉
〈불투명한 해명. 과연 강도영의 병은 무엇일까?〉
〈고통에 힘들어한 강도영. 병원 관계자의 증언은 결코 거짓말이 아니다〉

이승환이 줄곧 과로에 의한 감기라고 우겼지만 언론은 그의 말을 믿어주지 않고 계속해서 의문을 제기했다.

사람들은 그런 기사들을 보면서 강도영에 대한 걱정을 숨기지 못했다.

철저하게 그의 병에 대해 비밀에 부쳐져 있었으나 알음알음 새어 나간 정보들이 취합되면서 그의 병세가 심각하다는 걸 인지했기 때문이다.

퇴원을 했으나 기자들의 집요한 추적은 멈추지 않았다.

병원이 철저히 단속에 들어갔고 강도영과 지인들, 회사에서도 침묵으로 대응했지만 기자들은 어떻게 찾아냈는지 조그마한 단서를 찾아내어 추측 기사를 써댔다.

그러나 그런 추측성 기사들은 오래가지 못했다.

강도영이 5일 만에 퇴원했고 보름이 지나면서 활동을 재개했기 때문이다.

＊　　　＊　　　＊

복면가왕을 연출했던 석의단은 1년 반의 공백 끝에 새로운 포맷의 가요 프로그램을 기획해서 선보였다.

바로 '환상의 파트너'란 제목이었는데 연예인들이 짝이 되어 경연하는 음악 프로그램이었다.

매주 우승 팀을 가리고 주간 우승 팀들이 모여 월간 우승 팀을 선정한 후, 마지막 연말에 최종 우승 팀을 가리는 콘셉트였다.

단 하나의 제약 조건은 무조건 가수 한 명만 포함되어야 한다는 것이었다.

다시 말해서 파트너 모두가 가수로 구성되면 안 된다는 조건이었는데 그럼에도 불구하고 음악 프로그램답게 '환상의 파트너'는 꽤 수준 높은 음악성을 자랑했다.

비록 가수가 아니라 해도 출연하는 연예인들이 가수 뺨칠 정도로 상당한 노래 실력을 지녔기 때문이다.

시청률은 복면가왕 초기와 비슷할 정도로 괜찮았다.

요즘은 워낙 많은 음악 프로그램이 공중파와 종편에서 방송되기 때문에 경쟁률이 예전과 비교하지 못할 정도로 치열해졌음에도 석의단의 콘셉트가 먹혀들었다는 뜻이다.

패턴은 비슷했다.

출연진이 노래를 부르는 동안 고정 패널들이 반응을 보이면서 평가하는데 복면가왕과는 달리 오로지 방청객들만 우승자를 가리는 버튼을 누를 수 있다.

또 하나 다른 점은 매주 녹화를 해야 된다는 것이었다.

복면가왕은 한 번 녹화로 2주 방송 분량을 뽑아냈기 때문에 여유가 있었지만 '환상의 파트너'는 매주 전쟁을 치러야 했다.

석의단이 한 통의 전화를 받은 것은 녹화를 5일 앞두고 있던 오후 3시 무렵이었다.

"여보세요."

―석 피디님, 그동안 잘 계셨죠. 저는 강도영입니다.

단 한마디에 온몸에서 오한이 흘렀다.

복면가왕 때도 그랬다.

그때는 장난 전화라고 생각해서 욕을 퍼부었으나 이제는 강도영의 목소리가 너무나 익숙해서 머리칼이 곤두설 정도로 긴장감이 피어올랐다.

석의단은 복면가왕이 마지막 순간 절정의 시청률을 올리며 그 해 올해의 PD상을 수상했다.

그 모든 것이 강도영의 출연으로 인해 생긴 일이었다.

조상님을 잘 모셨기 때문에 자신에게 강도영이란 행운이 다가왔다고 생각했는데 2년이 지난 오늘 또다시 전화가 걸려 오자 숨조차 쉬지 못할 정도로 긴장되었다.

"강도영 씨, 정말 오랜만이네요. 몸은 괜찮나요?"

ー괜찮습니다.

아차.

긴장 때문에 물어보지 말아야 할 말을 묻고 말았다.

최근 들어 강도영의 건강 이상설이 계속해서 기사로 쏟아졌기 때문에 자신도 모르게 물어본 말이었지만 상대방은 기분이 나쁠 수도 있었다.

그랬기에 석의단은 빠르게 화제를 돌렸다.

"영화 청룡을 두 번이나 봤습니다. 정말 잘 만들었더군요. 도영 씨의 연기는 볼 때마다 저를 정신없이 몰입하게 만들 정도로 훌륭하네요."

─그렇게 봐주셨다니 고맙습니다.

"그런데 어쩐 일로……"

뒤늦게 슬며시 본론을 꺼냈다.

언제까지 변죽만 올리기에는 그의 궁금증이 목구멍까지 차오른 상태였다.

─석 피디님, 이번 주 환상의 파트너 녹화가 언제인지 알 수 있을까요?

"금요일에 합니다. 그런데 그건 왜 묻죠?"

─그럼 출연자들이 이미 결정되었겠네요?

"그거야, 당연히… 도영 씨, 혹시?"

─네, 제가 오늘 석 피님께 전화를 드린 것은 새치기를 부탁드리려고 한 거예요. 죄송하지만 제가 이번 주 녹화에 출연할 수 없을까요?

결국 강도영의 입에서 간절하게 바라던 말이 나오자 석의단이 속으로 만세를 불렀다.

당연히 된다.

강도영이 출연한다는데 세상에 안 될 게 뭐가 있겠는가.

'하나님, 그리고 존경하는 조상님들 감사합니다. 앞으로도 더욱더 열심히 모시도록 노력하겠습니다.'

그럼에도 석의단은 입으로 엉뚱한 소리를 뱉어냈다.

"출연자들이 전부 결정되어 이미 연습 중이에요. 제가 알

아는 보겠지만 쉽지는 않을 것 같습니다."

죽고 싶어 환장한 입이 속마음과 다르게 자존심을 세웠다.

손으로 주둥이를 패고 싶은 걸 간신히 참으며 눈을 부릅 뜬 채 강도영의 반응을 기다렸다.

만약 강도영이 미안하다는 말을 남기고 전화를 끊는다면 자신은 천추의 한을 품은 채 어쩌면 세상을 하직할지도 몰 랐다.

역시 조상님들은 착하고 성실한 그를 도와주는 모양이다.

─피디님, 제가 시간이 없어서 이번 주에 꼭 출연해야 됩니 다. 어렵겠지만 피디님께서 일정 조정을 해주세요. 부탁드립 니다.

"하신다면 누구와 같이할 생각이시죠?"

─서현탁과 같이하겠습니다.

"좋습니다. 그럼 제가 윗분들과 상의해서 바로 전화를 드릴 게요. 최대한 좋은 결과가 있도록 노력하겠습니다."

석의단은 전화를 끊고 국장실을 향해 100m 육상 선수처 럼 뛰어갔다.

예전에도 그랬다. 강도영이 복면가왕에 출연한다는 사실을 알리기 위해 달렸던 길을 그대로 답습하고 있었다.

이번에는 무슨 일이냐는 시선을 던지는 여비서를 아예 상대하지 않은 채 무작정 국장실로 뛰어들었다.

국장은 전화를 하고 있다가 문이 부서져라 뛰어든 석의단을 바라보며 놀란 표정을 지었는데 두 눈은 무슨 일이냐는 질문을 마구 던지고 있었다.

"국장님, 웬만하면 전화 끊고 제 말부터 들으시죠."

석의단이 눈을 부릅뜨고 강하게 말하자 국장이 서둘러 전화를 끊고 다가왔다.

아마 그도 그 옛날 벌어졌던 일에 대한 데자뷔가 떠올랐을지 모른다.

"자, 숨 먼저 고르고. 하나, 둘. 그렇지. 됐냐, 그럼 말해봐. 뭐야? 미리 말하지만 지금 나 본부장님하고 전화하다가 싸가지 없게 먼저 끊었거든. 지금부터 네가 하는 말이 그것보다 중요하지 않으면 아예 저녁거리로 너를 쌈에 싸 먹을 거다."

"걱정하지 마세요. 오늘은 국장님한테 룸에 가서 술을 얻어먹을 거니까요."

"음… 그 정도란 말이지. 말해봐. 뭐야?"

"강도영이 전화를 해왔습니다. 저한테. 직접."

"강도영!"

석의단의 입에서 강도영이란 말이 튀어나오자마자 국장의 표정이 단박에 변했다.

그는 즉각 얼굴을 굳히며 석의단을 쏘아봤는데 긴장했던

지 입술을 핥고 있었다.

"이번 주 환상의 파트너에 출연하게 해달랍니다."

"정말이냐?"

"방금 전화 받자마자 뛰어온 겁니다."

"그래서?"

"출연진이 결정되었기 때문에 안 된다고 했습니다."

"이 미친놈아, 그걸 말이라고 하니?"

"그랬더니 사정을 하더군요. 출연만 하게 해준다면 은혜를 갚겠다면서 말이죠."

"너 자꾸 거짓말할래? 강도영이 미쳤다고 그런 소리를 하냐고. 이게 뺑만 늘어서 아무 때나 구라를 친단 말이지."

"말이 그렇다는 거죠. 윗분들과 상의해서 금방 전화 준다고 했습니다."

"상의는 무슨, 무조건 잡아야지. 그런데 누구랑 한대?"

"서현탁과 한답니다."

"씨발, 이왕 하는 거 신은서와 하면 끝내줄 텐데 아깝다."

"신은서는 거의 음치 수준이잖아요."

"하긴 그렇지."

"오늘 술 사줄 거죠?"

"넌 도대체 무슨 복이 그렇게 많은 거니. 혹시 나 모르게 강도영하고 무슨 친분 같은 거 있는 거 아냐?"

"전혀요."

"그런데 걔가 왜 너한테만 전화를 하냐고?"

"제가 조상님을 잘 둬서 그래요. 하늘에 계신 조상님들 잘 모시려고 지금도 제사를 꼬박꼬박 지낸다니까요."

"잘났다. 어쨌든… 복이 넝쿨째 들어왔구나. 석 피디, 술은 술이고 일단 일부터 하자. 이번 방송분부터 예고편을 때려. 전 국민이 알도록 계속 때리란 말이야."

"횟수가 너무 많으면 편집부에서 지랄할 텐데요?"

"그 자식들 징징거리면 내가 다 죽여놓을 테니까 걱정하지 마라. 나는 지금 사장님한테 가서 이 사실을 보고할 테니까 너는 즉시 강도영한테 출연 확정 되었다고 알려주도록. 흐흐… 오랜만에 보너스 좀 만져보겠네. 석 피디, 우리 보너스 타면 그걸로 차나 바꾸자."

제60장
당신의 이름으로II

신은서는 강도영의 옆에서 하루 종일 떨어지지 않았다.

그녀는 마치 갓 결혼한 새댁처럼 집안일을 돌봤고 강도영이 필요한 것을 꼼꼼히 챙기며 시간을 보냈다.

환자에게 좋지 못한 음식은 일체 집 안에 들여오지 않았고 대신 건강에 좋다는 재료들만 사왔기 때문에 강도영은 요즘 죽을 맛이었다.

병원에서 퇴원한 후 거의 정상적인 생활이 가능했음에도 신은서는 철저하게 맵고 짠 음식들을 통제해서 그를 곤욕스럽게 만들고 있었다.

그럼에도 행복했다.

그녀와 같이 보내는 시간들이 더없이 소중했고 순간순간이 사랑이 되어 강도영의 머릿속에 차곡차곡 쌓여갔다.

미안했음에도 그렇다.

자신이 가고 나면 지금 쌓여지는 추억들이 신은서를 무참하게 괴롭힌다는 것을 뻔히 알면서도 강도영은 이 행복을 놓치고 싶지 않았다.

같이 영화를 보고 게임도 하며 재밌게 하루하루를 보냈다.

그녀와 함께 밖으로 나가지 못하는 것이 안타까웠으나 이것만으로도 그는 자신이 아프다는 것을 잊은 채 행복한 시간을 보낼 수 있었다.

땡동.

초인종 소리에 신은서가 달려 나가는 걸 보면서 강도영이 시계를 흘끗 바라보았다.

서현탁이 분명했다.

30분 전에 집으로 오라는 전화를 했기에 지금쯤 도착할 시간이 되었다.

신은서가 없을 때는 도어록 비밀번호를 누르고 제집처럼 드나들었으나 그녀가 함께 살기 시작한 후 서현탁은 집으로 올 때마다 공손하고 정중하게 초인종을 눌러댔다.

"여전히 웃고 계시네. 얼굴이 활짝 폈어. 도영이가 잘해주는 모양이죠?"

"그럼요."

"얼마나 잘해주는데요?"

"또, 또 이러신다."

"얼굴이 활짝 펴서 그렇죠. 웬만큼 잘해서는 여자 얼굴이 그렇게 윤이 나기 어렵거든요."

"하여간 경찰서에 신고할 수도 없고 이걸 어쩐데. 아무래도 인화 씨한테 일러줘야 될까 봐."

신은서가 얼굴을 발갛게 만든 채 서현탁을 쩌려봤다.

서현탁의 야한 농담에 거부감이 들지는 않았지만 얼굴마저 붉어지는 건 숨기지 못했다.

"이 자식아, 대낮부터 무슨 짓이야?"

"내가 없는 말 지어낸 것도 아닌데 뭘 그래. 그나저나 바쁜 사람 왜 불렀어?"

"바쁘긴 뭐가 바빠. 요즘 일도 안 하면서."

"크크크… 자식이, 꼭 정곡을 찔러요."

서현탁이 웃었다.

강도영의 말대로 그는 요즘 들어 전혀 일을 하지 않고 강도영 주변을 맴돌고 있었다.

신은서가 있음에도 하루에 몇 번씩 전화를 걸었고 반드시 한 번씩 집에 쳐들어와 한참 동안 있다가 돌아갔다.

무엇 때문에 그러는지 너무나 잘 알지만 강도영은 그런 서현탁의 행동을 억지로 막지 않았다.

그도, 서현탁도 남아 있는 이 짧은 시간 동안 서로를 원 없이 보고 싶었기 때문이다.

"현탁아, 우리 노래 연습 해야 된다."

"그게 무슨 뜬금없는 소리야?"

"우리 텔레비전에 나갈 거야. 환상의 파트너."

"이 미친놈아, 거길 우리가 왜 나가! 몸도 안 좋은데……."

서현탁이 소리를 질렀다가 마지막 말을 하면서 끝을 흐렸다.

주의한다고 하는데도 잘 안 된다. 마음속에 언제나 가지고 있는 이 슬픔은 억제하려 노력하는데도 수시로 이렇게 튀어나온다.

"우리 거기 나가서 즐겁게 놀다 오자. 너무 집 안에만 있었더니 좀이 쑤셔서 안 되겠어."

"퇴원한 지 얼마나 되었다고 그래. 이제 퇴원한 지 겨우 10일밖에 되지 않았잖아."

"인마, 난 괜찮아. 불현듯 찾아오는 그 통증만 아니면 보통 사람하고 똑같단 말이다."

"그럼 차라리 여행이나 갔다 오자. 너네랑 우리 부부랑 같이. 제주도가 좋겠다. 공기 좋은 곳에서 한 일주일 푹 쉬었다

오면 괜찮아질 거야."

"아니, 난 일하고 싶어."

"이 미친놈아, 안 된다니까!"

"환상의 파트너 녹화 끝나면 그다음 날부터 버스킹을 다시 시작할 거다. 현탁아, 우리… 그렇게 하자."

강도영이 간절한 눈으로 서현탁을 바라보았다.

자신의 마지막 삶에서 반드시 해야 한다던 일이 그것이라는 것을 잘 알지만 아직도 서현탁은 이렇게 강도영이 그 일에 매달리는 걸 이해할 수 없었다.

막고 싶었다.

자신의 삶을 갉아먹으면서까지 하려고 하는 친구의 고집을 꺾을 수만 있다면 무슨 짓이라도 할 수 있었다.

하지만 결국 막지 못한다는 것도 안다.

영원히 떠나야 할 친구의 소원을 들어주는 것 또한 자신이 해야 할 마지막 임무였으니까.

*　　　　　*　　　　　*

드디어 금요일.

녹화장으로 떠나는 밴 안에는 무려 7명이 꽉 들어차 있었다.

운전하기 위해 페이스에서 나온 기사를 빼고도 강도영과 서현탁, 신은서는 물론이고 이승환과 윤철욱 코디인 서은경까지 옹기종기 앉아 떠들어댔기에 귀가 다 아플 지경이었다.

집에서 출발한 지 20분이 지났으니 앞으로 방송국까지 10분이면 도착한다.

"아무래도 너흰 예선에서 탈락할 거 같다."

"무슨 그런 서운한 말씀을 하신데요?"

불쑥 이승환이 말하자 서현탁이 즉각 반발을 했다.

그러나 서현탁과는 다르게 강도영이 당연하다는 듯 머리만 주억거렸다.

"네 노래 때문에 도영이 노래까지 같이 죽잖아. 그러니까 하는 말이지."

"저 진짜 죽어라 연습했거든요. 5일 동안 잠도 제대로 자지 못했다니까요."

"쯧쯧… 노래가 5일 만에 잘 부르게 되는 거라면 나도 했겠다."

이승환이 혀를 차면서 고개를 홱 돌렸다.

그는 수시로 그들이 연습하는 곳에 와봤고 버스킹을 할 때도 여러 번 들어봤기 때문에 서현탁의 노래 실력을 너무나 잘 알고 있었다.

버스킹을 할 때 그가 노래 부르는 것을 사람들이 온전히 앉아 들어준 것은 강도영 때문이었지 그의 노래 실력이 뛰어나서가 아니었다.

냉정하게 말해서 서현탁의 노래 실력은 가수가 아닌 연예인 중에서도 평균에 미달될 정도였다.

그럼에도 그가 선택된 것은 신은서의 노래 실력이 음치에 가깝기 때문일 것이다.

만약 신은서가 그와 비슷한 실력만 되었어도 파트너는 그녀가 되었을 게 분명했다.

'환상의 파트너'는 복면가왕 진행을 맡았던 김성준이 MC를 맡고 있었다.

패널들은 대부분 바뀌었고 프로그램 콘셉트도 전혀 달라졌지만 진행에서 독보적인 능력을 지닌 김성준을 석의단 피디는 고민하지 않고 MC 자리에 세웠다.

"무슨 바람이 든 거지?"

"그 속을 누가 알겠어. 어쨌든 원하는 대로 해줄 생각이야."

"올려?"

"아니, 그러지 마. 강도영이 그러는데 실력대로 평가해 달래."

"완전히 대박이야. 강도영이 노래를 부르고 신은서까지 패널로 참여했으니 이번 시청률은 기록을 갱신하겠어."

"그렇겠지. 그런데 이상하게 찜찜하단 말이야."

"너무 복이 넝쿨째 들어와서 그래."

"그럴까?"

"이러나저러나 석 피디, 우리 강도영한테 밥이나 한번 대접하자. 벌써 2번째잖아. 아무래도 강도영은 전생에 우리와 질긴 인연이 있었던 모양이다."

"같이 먹어준다면야 열 번도 못 사겠어. 그놈이 우리 같은 사람들과 밥 먹을 시간이 없으니까 문제지. 이제 시작하자. 출연자들 다 도착했다네."

"오케이."

석의단이 물러나며 사인을 보낸 후 카메라가 있는 쪽으로 걸어가자 김성준이 코디의 도움을 받아 의상을 만진 다음 무대로 향했다.

워낙 경험이 많다 보니 걸어가는 자세에서 여유가 잔뜩 묻어났다.

오늘 출연하는 4팀의 면면은 강도영이 출연했다는 걸 제외하고도 화려하기 짝이 없었다.

가는 날이 장날이라는 말이 있는데 오늘이 꼭 그 짝이었다.

미모의 탤런트 이수연과 걸 그룹 출신의 정화영이 한 조를 이루었고 아이돌 중에서 가창력으로 둘째가라면 서러워할

육성진과 그의 친한 선배 인기 개그맨 유봉석, 트로트 여신 문정인과 중견 탤런트 이지홍이 출연하면서 지금까지 방송되었던 어떤 회보다 화려한 면면을 자랑했다.

김성준은 늘 하던 대로 먼저 오프닝 멘트를 날린 후 출연자들을 소개했다.

파트너끼리 손을 잡은 채 걸어 나오는 출연자들을 향해 300여 명의 관객이 뜨거운 박수를 보내왔다.

전부 유명한 가수나 탤런트였기 때문에 관객들의 반응은 뜨거울 수밖에 없었다.

문제는 마지막으로 강도영과 서현탁이 손을 잡고 등장했을 때였다.

이곳에 온 관객들은 그들의 출연을 모르고 있었기에 강도영이 게이트를 통해 무대로 등장하자 전부 비명을 지르며 자리에서 일어났다.

순식간에 공개홀이 광란에 빠져들었다.

김성준이 여러 번 자제를 부탁했으나 관객들은 그의 부탁에도 불구하고 자리에 앉는 사람이 드물었다.

겨우겨우 흥분을 진정시킨 후에야 녹화가 다시 시작되었지만 여전히 강도영을 바라보는 관객들의 시선에는 뜨거운 열기가 가시지 않았다.

출연자들이 인사를 마치고 대기실로 들어간 후 김성준은

새롭게 패널로 등장한 신은서를 소개했다.

"신화에는 미의 여신 아프로디테가 있고 대한민국에는 신은서 씨가 있다는 말이 있습니다. 여러분 패널로 참석해 주신 신은서 씨에게 뜨거운 박수 부탁드립니다."

"와아!"

김성준의 소개에 맞춰 안쪽에 있던 신은서가 일어나 정중하게 인사하자 관객들이 함성과 함께 박수를 쳐주었다.

그들은 너무나 잘 안다. 신은서가 이 자리에 나와 있는 이유가 무엇 때문인지를.

"신은서 씨, 요즘 활동이 뜸하다고 하시던데 저희 프로그램에 패널로 참석하셨네요. 제가 알기로는 먼저 패널로 참석하게 해달라고 제작진한테 부탁했다던데 무슨 이유 때문이죠."

"짓궂으세요. 잘 아시면서 그렇게 물으시면 어떡해요."

"하하하… 그렇죠. 예, 맞습니다. 신은서 씨는 강도영 씨와 아주 가까운 사이란 걸 제가 잠시 깜박했습니다. 신은서 씨 오늘 우승자는 누가 될 것 같습니까?"

여전히 김성준의 진행은 능글맞고 재미를 유발하는 능력이 탁월했다.

뻔히 알면서도 묻는 그런 것들이 시청자들을 유쾌하게 만든다는 걸 그는 너무나 잘 알고 있었다.

"저는 강도영 씨와 서현탁 씨가 우승하길 바라지만 아무래도 출연한 분들의 면면을 보니까 힘들 것 같아요."

"강도영 씨의 가창력은 정평이 나 있는데 왜 그런 생각을 하셨죠?"

"그건 말 못 해요. 호호호… 도영 씨와 가장 친한 서현탁 씨 노래 실력이 형편없다는 걸 제 입으로 어떻게 말할 수 있겠어요."

"아이고, 이런. 은서 씨가 그렇게 말하는 걸 보니 평소에 서현탁 씨한테 맺힌 게 많은 것 같군요. 맞습니까?"

"아주… 아주 많아요."

그녀의 대답에 패널들 여기저기서 폭소와 질문이 쏟아졌다.

가수와 개그맨, 탤런트까지 섞여 있는 패널들은 출연자들의 노래에 대한 반응과 감상평을 위해 나와 있었지만 김성준의 의도에 따라 그녀를 향해 수많은 질문을 던졌다.

주로 강도영과의 관계에 관한 것인데 그대로 내버려 두면 한 시간도 모자랄 것 같았다.

그럼에도 김성준은 관객들의 반응을 체크하며 그대로 두었다.

녹화의 장점은 이렇게 뛰어나다.

가장 재밌는 장면들만 편집하면 되기 때문에 중요한 포인트가 생기면 김성준은 방치하듯 내버려 두는 노련함을 보여주었다.

　결국 김성준이 중간에서 가로막고 나선 것은 거의 20여 분이 지난 후였다.

　그의 진행에 따라 경연이 시작되었고 첫 번째 순서인 트로트 여신 문정인과 중견 탤런트 이지홍 먼저 무대에 올랐다.

　예상했던 대로 출연자들의 실력은 쟁쟁했는데 그중 강도영조와 경쟁하는 미모의 탤런트 이수연과 걸 그룹 출신의 정화영은 환상적인 춤과 노래로 관객들을 전부 들썩이게 만들어버릴 만큼 강력한 퍼포먼스를 선보였다.

　이윽고 강도영과 서현탁의 순서가 다가오자 그토록 여유 있게 진행하던 김성준마저 침을 꼴깍 삼켰다.

　"다음 순서는 아시아 최고의 슈퍼스타 강도영 씨와 그의 절친 서현탁 씨의 무대가 되겠습니다. 여러분 기대되시죠. 저도 지금 심장이 두근거릴 정도로 떨립니다. 자, 오늘 무대의 마지막을 장식할 강도영 씨와 서현탁 씨를 모시겠습니다."

　"삑사리 내지 마."

　"자꾸 그런 소리 할래? 가뜩이나 긴장되어서 죽겠구만."

　"크크크… 천하의 서현탁도 긴장을 하네. 야, 어차피 우린 탈락이야. 그러니까 긴장하지 말고 최대한 즐기다 가자."

　"너도 사장님과 똑같은 놈이야. 이씨, 노래를 끝내주게 불러서 이런 수모를 당하지 말아야 할 텐데 실력이 없으니 그러지도 못하고. 아, 억울해서 미칠 것 같구만."

서현탁이 자신의 머리를 쥐어뜯으며 흔들었다.

하지만 정말로 화가 나서 그러는 게 아니라는 건 웃고 있는 그의 눈에서 충분히 알 수 있었다.

그때 무대에 있던 김성준이 그들을 부르는 게 들렸다.

스태프의 안내에 따라 게이트를 걸어 무대로 나가자 화려한 조명이 그들을 비추었고 관객석에서 우레와 같은 박수갈채가 터져 나왔다.

그들이 부를 노래는 '가을 우체국 앞에서'였다.

경연에서는 한 번도 불린 적이 없는 단조롭지만 한없이 서정적인 노래였다.

처음부터 경연에 이길 생각이 없었기에 강도영이 선곡한 노래였다.

이 무대에는 두 가지 목적이 있었다.

하나는 사랑하는 서현탁과 신은서에게 아름다운 추억을 남겨주는 것이었고 또 다른 하나는 자신의 생각을 사람들에게 말하는 것이었다.

먼저 노래를 시작한 건 서현탁이었다.

실력도 없는 놈이 긴장까지 했으니 목소리는 덜덜 떨렸고 심지어 박자까지 놓쳤기 때문에 관객석에서 웃음이 새어 나왔다.

하지만 강도영이 뒤를 받아 노래를 시작하자 관객석이 차분하게 가라앉았다.

특유의 부드러우면서도 달콤한 그의 노래는 관객들을 감탄시키기에 충분한 정도로 아름다운 것이었다.

서현탁을 배려하기 위해 최선을 다하지 않았음에도 관객들이 이런 반응을 보인 것은 그의 노래가 가지고 있는 근본적인 서정성이 감정을 자극했기 때문이다.

노래가 진행되면서 관객들은 계속 다른 반응을 보였는데 막판에 가서는 폭소를 터뜨리며 즐거워했다.

강도영이 계속 실수하는 서현탁을 향해 눈알을 부라리며 타박하는 장면을 연출했기 때문이다.

무대 위에서 노래를 하다 말고 투닥거리는 두 사람은 영화에 나오는 덤앤더머와 비슷해서 패널들은 물론이고 관객들까지 배꼽을 잡으며 웃었다.

김성준이 무대로 뛰어나온 것은 노래가 끝나고 두 사람이 관객들을 향해 정중하게 인사를 할 때였다.

"아니, 이보세요. 노래하다 말고 싸우는 게 어디 있어요?"

"현탁이가… 아니, 이 친구가 자꾸 음정을 놓쳐서 조금 천천히 하라니까 신경질을 부리잖아요."

"현탁 씨, 지금 도영 씨 말이 맞습니까?"

"그럴 리가요. 저는 가만히 있는데 옆구리를 쿡쿡 질렀어요. 사회자님도 보셨죠?"

"전 못 봤는데요."

"와아… 그럼 관객분들은 보셨을 겁니다. 여러분 도영이가 제 옆구리 찌르는 거 봤죠?"

"아뇨!"

서현탁이 관객석을 향해 묻자 웃음소리와 함께 절대 아니라는 합창 소리가 터져 나왔다.

관객들은 그의 옆에서 모른 체 서 있는 강도영의 모습을 보며 너무너무 즐거워하고 있었다.

"자, 자… 그건 그렇다 치고 지금부터 관객 평가단의 평가 결과를 발표하기 전에 두 조에 대한 감상평을 듣도록 하겠습니다. 김근조 씨 한 말씀 해주시죠."

"두 미녀분의 노래와 춤은 그야말로 환상적이었습니다……. 특히 절도 있는 안무는… 그리고 강도영 씨와 서현탁 씨의 노래에 대해서는 평가를 생략하겠습니다. 뭐, 배꼽 빠지게 웃었는데 그거면 된 거 아닌가요?"

"제가 봤을 때 강도영 선배님은 코믹 연기를 하셔도 잘했을 것 같아요. 두 분이 그런 종류의 영화를 찍으면……."

패널들이 한마디씩 하는 동안에도 계속 웃음이 흘러나왔다.

강도영과 서현탁이 아직까지 바짝 붙어서 신경전을 벌이며 웃음을 유발했기 때문이다.

예상했던 대로 강도영조는 월등한 표차로 패배를 하고 말았다.

비록 강도영에 대한 관객들의 사랑은 대단했지만 노래 실력으로 승자를 결정한다는 프로그램의 성격을 평가단은 잊지 않았다.

재밌는 일이 발생한 것은 김성준의 평가 결과 발표 이후 패널들의 좌장격을 맡고 있는 안경식이 불쑥 나서면서 발생했다.

그는 경력 25년 차로 지금 한참 제2의 전성기를 맞고 있는 개그맨이자 방송인이었다.

"저는 두 분의 노래를 들으며 강도영 씨와 서현탁 씨가 얼마나 친한 사인지 알 수 있었습니다. 정말 유쾌하고 즐거운 무대였어요. 한 가지 아쉬운 것은 당대 제일이라고 알려진 강도영 씨의 노래를 제대로 감상하지 못했다는 것입니다. 그래서 저는 프로그램의 성격과 맞지 않지만 강도영 씨가 시청자들을 위해 노래해 주기를 간절히 희망합니다. 여러분 제 말에 동의해 주시면 강도영 씨가 노래를 할지도 모릅니다. 어떠세요. 제 말에 동의하시나요?"

"예!"

안경식의 선동에 패널들이 전부 자리를 박차고 일어났다.

하지만 자리를 박차고 일어난 것은 그들뿐만이 아니라 관객들도 마찬가지였다.

공개홀에 있던 모든 사람이 자리에서 일어나 강도영의 이름을 연호하자 김성준이 난처한 얼굴로 강도영을 바라보았다.

"아… 이거 어떡하죠. 관객들이 전부 일어나 열화와 같은 성원을 보내고 있습니다. 아마 저분들은 이 무대가 복면가왕이라고 착각하시는 것 같아요. 그러게 내가 뭐라고 그랬습니까. 명예의 전당에는 오르지 말라고 그랬잖아요."

"하겠습니다."

"방금 뭐라고 하셨죠?"

"노래를 하겠다고 했습니다. 관객분들이 이렇게 원하시는데 그냥 돌아설 수는 없잖아요."

"그렇게 말씀하시니까 우리가 당황스럽군요. 미리 준비하지도 않았는데 갑자기 노래를 하신다면 우린 어떡하라고요. 이거 참, 반주가 가능할지 모르겠네……."

＊　　　　＊　　　　＊

석의단은 김성준의 너스레를 바라보며 눈살을 슬쩍 찌푸

렸다.

너무 티가 난다.

강도영의 요청에 의해 노래를 부르는 것으로 계획되어 있었기에 패널석에 부탁해서 시나리오를 짜놨지만 관객들의 열화와 같은 박수가 터져 나오자 김성준은 자신도 모르게 오버를 하고 있는 것 같았다.

강도영이 전화를 해왔을 때부터 지금까지 모든 것이 꿈만 같았고 이해되지 않는 일 천지였다.

텔레비전 출연을 끔찍하게 싫어한다는 강도영은 오직 자신에게만큼은 두 번이나 전화를 해서 먼저 출연을 요청해 왔다.

다른 사람들에게는 조상 덕분이라며 밝게 웃었으나 가슴에 품고 있는 의문은 여전히 풀리지 않았다.

오늘 강도영이 부를 노래는 SG워너비의 '살다가'란 노래였다.

절절한 슬픔을 간직한 노래. 떠나간 사람을 그리워하며 목매어 부르는 추모가가 바로 '살다가'란 노래였다.

과연 뭘까?

단순하게 좋아하는 노래를 부르는 것일 수도 있으나 강도영이 출연하겠다는 순간부터 그의 머릿속을 채우는 의문과 찜찜함이 풀어지지 않았다.

그럼에도 그가 요구하는 대로 모든 것을 들어주었다.

무대의 세팅과 조명, 그리고 마지막 인터뷰 장면까지 삽입해서 그가 말할 기회를 준비했다.

이제 오롯이 남은 것은 강도영의 무대였다.

아직 예선에서 이긴 두 팀이 주간 우승자를 가려야 하는 무대가 남아 있었으나 석의단에게 지금 그것은 전혀 안중에도 없었다.

강도영은 재킷을 벗어 한쪽에 놓아둔 후 서서히 무대로 다가갔다.

검은색 셔츠를 입었던 강도영은 무대의 중앙으로 걸어오면서 소매 단추를 풀어 둘둘 걷어 올린 후 스태프들이 무대 중앙에 마련해 놓은 의자에 앉았다.

그런 후 관객들을 향해 조용한 음성으로 천천히 입을 열었다.

"오늘 제가 부를 노래는 제가 사랑하는 친구 서현탁 군과 신은서 씨에게 드리는 선물이자 저를 성원해 주신 여러분께 드리는 감사의 인사입니다."

강도영이 고개를 숙여 인사를 한 후 살며시 눈을 감았다.

그에 맞춰 모든 조명이 꺼지며 오롯이 강도영의 모습에만 불빛이 들어왔다.

서글프고 아름다운 피아노의 전주.

느리면서도 한 음 한 음 사람들의 뇌리를 파고드는 슬픈 멜로디가 강도영이 노래를 한다는 것에서 비롯된 관객들의 흥분을 순식간에 가라앉혔다.

이윽고 전주가 끝나자 깊고 깊었던 침묵을 깨며 강도영이 눈을 떴다.

사람은 눈으로 모든 것을 말할 수 있다고 했는데 강도영의 눈이 그것을 증명하고 있었다.

깊게 가라앉은 눈에서 절절히 묻어나오는 슬픔과 그리움.

이미 관객들은 노래가 시작되기 전임에도 강도영의 모습에 압도되어 제대로 침조차 삼키지 못했다.

입을 열어 노래를 시작했다.

어린 시절의 그는 고단하고 힘들었던 삶의 연속이었다.

사람들의 무시하는 눈빛을 받으며 눈물을 흘렸고 어느 순간조차도 당당히 어깨를 세운 채 걸을 수 없었다.

그런 그의 삶에 희망을 주고 언제나 격려를 아끼지 않은 사람이 바로 서현탁이었다.

그의 인생에서 서현탁은 더없이 고마운 존재였고 더없이 소중해서 목숨과도 바꿀 수 없는 친구였다.

삶이 얼마 남지 않았다는 것을 아는 순간 놈은 자신을 위해 눈물을 감추지 못하며 구슬프게 울었다.

울지 마라… 울지 마. 너는 울면 안 돼. 그러면 내가 쉽게 떠날 수 없잖아.

미안하다… 현탁아. 너를 두고 떠나는 나를 용서해 다오.

가슴을 먹먹하게 만들며 피어오르는 슬픔.

멀리서 보이는 서현탁의 애타는 눈동자가 한없는 정겨움으로 다가와 그를 힘들게 만들었다.

짧으면 짧고 길다면 길었던 15년의 세월.

결코 잊지 않을게. 먼 곳에 가서도 너를 오래도록 기억할 거야, 현탁아!

은서야, 그렇게 울지 마. 참아야 해.

눈물이 나도 나를 위해 울지 않았으면 좋겠어.

마지막 삶을 외롭게 만들지 않겠다는 너의 사랑 영원히 간직할게.

하지만 잊어줘. 내가 떠난 후 나를 기억하며 눈물 흘리는 너의 모습을 상상할 때마다 나는 견디기 힘든 고통의 늪을 벗어날 수 없어.

그러니까 제발, 나를 잊고 좋은 남자 만나서 행복하게 살아줘.

부탁이야, 은서야.

서현탁은 강도영이 노래를 하겠다고 나서는 걸 보며 걱정스럽게 바라봤지만 할 수 없이 뒤로 물러났다.

건강이 악화되었기 때문에 어떤 일이 벌어질지 알 수 없어 그는 뒤로 물러났으나 의자에도 앉지 않았다.

꺼지는 조명, 그리고 강도영만 비추는 불빛.

몸이 아픈데도 여전히 매력적이고 잘생긴 강도영이 그 불빛을 받으며 의자에 앉아 있었다.

한없이 피어오르는 존재감.

강도영은 그저 의자에 앉아 조명만 받았는데도 몸에서 압도적인 카리스마를 뿜어내며 관객들을 압도하고 있었다.

하지만 그의 등은 너무나 초라해 보였다.

삶의 마지막 순간이 얼마 남지 않았기 때문일까. 그의 눈으로 들어온 강도영의 등은 구부정하게 굽어 있어 다가가 일으켜 세우고 싶은 마음이 들었다.

피아노의 반주에 맞춰 노래가 시작되는 걸 보며 자신도 모르게 눈을 감고 말았다.

감정이 실린 강도영의 노래는 마법을 부린 것처럼 서서히 자신의 마음을 흔들기 시작했다.

강도영을 처음 만난 날이 기억났다.

고3에 올라가 짝이 된 강도영을 보며 맨 처음에 든 생각은 자신보다 훨씬 못생긴 놈이 있다는 반가움이었다.

그때부터 붙어 다녔다.

놈은 자신의 외모에 강한 콤플렉스가 있었으나 사귀다 보니 더없이 착했고 정직했으며 정이 많은 놈이었다.

수많은 일이 있었다. 같이 웃고 울었으며 기쁘거나 슬픈 일이 있어도 언제나 함께했다.

강도영이 스타가 된 이후 한 번도 시샘하거나 부러워한 적이 없었다.

누가… 또 다른 나에게 그런 감정을 느낄 수 있단 말인가.

시한부 인생을 산다는 것을 안 이후, 놈의 앞에서는 절대 눈물을 보이지 않기 위해 이를 악물며 노력했다.

그러나 밤이 되어 집으로 돌아가면 매일 아무도 없는 거실 의자에 앉아 놈과의 추억을 떠올리며 오열을 감추지 못했다.

놈이 죽는 그 순간까지 울지 않겠다고 다짐했다.

편안히 눈을 감을 수 있도록 마지막까지 웃게 만들고 싶었다.

하지만 이 순간, 강도영의 절규에 봇물 터지듯 눈물이 흐르기 시작했다.

가지 마라… 도영아. 나를 두고 먼저 가지 마라.

크윽.

*   *   *

김성준은 강도영의 노래를 들으며 의자에 앉아 꼼짝하지 못했다.

강도영의 노래 실력은 명예의 전당에 오를 정도로 정평이 나 있었으나 피아노 반주가 시작된 후 공개홀에 들어온 모든 사람은 그의 노래가 울려 퍼지는 순간부터 블랙홀에 빠져 버린 것처럼 정신을 차리지 못했다.

수많은 무대 경험을 통해 갖은 경험을 다 해본 그였으나 이런 무대는 처음이었다.

강도영의 노래가 진행될수록 패널들은 물론이고 관객석에서까지 사람들이 손수건으로 눈물을 닦는 모습들이 보였다.

그러나 그들의 눈물은 서현탁과 신은서가 흘린 눈물에 비하면 아무것도 아니었다.

감정에 빠져들어 자신 역시 눈가가 촉촉하게 젖어왔으나 두 사람의 모습을 발견한 후 정신이 번쩍 드는 걸 느꼈다.

무대 뒤편에 서 있던 서현탁은 노래 중반부터 눈물을 흘리기 시작하더니 마지막 순간이 되자 허리를 굽힌 채 폭풍 같은 오열을 쏟아내고 있었다.

그것은 신은서도 마찬가지였다.

아니, 신은서의 눈물은 서현탁과 묘한 차이를 보였다.

그녀는 강도영이 노래를 시작한 후 눈을 감고 있었는데 어느 순간부터 눈물을 흘리기 시작하더니 온 얼굴이 눈물에 젖어 차마 바라보기 힘들 정도였다.

그럼에도 그녀는 눈을 뜨지 않은 채 전신을 떨어댔다.

서현탁처럼 오열을 터뜨리지는 않았지만 그녀의 감정은 결코 그에 못지않을 만큼 격렬한 것이었다.

이해가 되지 않았다.

가장 가까운 사람들이 노래 하나 때문에 이토록 격렬한 반응을 보이는 이유가 뭘까.

그 누구도 그들에게 다가가지 못했다.

웬만한 슬픔이었다면 위로하거나 손수건이라도 전해주었건만 다른 사람들이 범접하지 못할 정도였기에 그냥 둘 수밖에 없었다.

이윽고 강도영의 노래가 끝나는 순간 김성준은 다시 한 번 놀라고 말았다.

살… 다… 가

강도영이 울고 있었다.

두 사람처럼 격렬한 눈물을 보이지는 않았지만 강도영은 뜨겁게 흐르는 눈물을 닦지 못한 채 노래를 마무리 짓고 있었다.

길고 긴 침묵.

노래가 모두 끝났으나 공개홀은 개미 새끼 하나 없는 듯 긴 침묵에 사로잡혀 있었다.

관객들은 박수조차 치지 않았는데 강도영이 준 감정의 폭탄에서 아직 깨어나지 못한 게 분명했다.

뒤늦게 스태프들이 아직도 오열하고 있는 서현탁을 돌봤고 패널들이 신은서를 위로하는 게 보였다.

김성준은 아직도 정적에 잠긴 무대를 향해 천천히 걸어갔다.

얼굴에는 웃음기가 하나도 담겨 있지 않은 경건한 모습이었다.

서현탁과 신은서의 눈물에서, 그리고 강도영이 처연하게 흘린 눈물에서 오늘 그가 할 말의 무게가 커다랗게 다가왔기 때문이다.

"강도영 씨, 정말 대단한 무대였습니다. 이런 노래를 들려주셔서 감사드립니다. 그런데 강도영 씨의 노래를 들으며 서현탁 씨와 신은서 양이 너무 많은 눈물을 흘리는군요. 무슨 까닭이라도 있는 건가요?"

"예, 있습니다."

"혹시 물어봐도 되겠습니까?"

"여러분도 아시겠지만 요즘 들어 제가 아프다는 기사들이 봇물처럼 쏟아지고 있습니다. 제가 오늘 이 방송에 출연한 것은 그런 의문을 시청자분들께 풀어주기 위함이었습니다."

"아… 직접 해명하시려는 거군요."

"예, 맞습니다."

"이제야 모든 국민이 걱정했던 의문이 풀리겠네요. 그럼 말씀하시죠."

김성준이 잔뜩 긴장한 얼굴로 강도영의 말을 기다렸다.

그렇구나. 이 말을 하기 위해 먼저 출연하겠다고 요청을 해온 것이구나.

"저는… 아픈 게 맞습니다. 그것도 이제 남은 삶이 6개월을 넘기지 못할 만큼 커다란 병에 걸려 있습니다. 제 몸 전체에는 암세포가 자라고 있어 병원에서는 치료조차 할 수 없다는 진단을 받았습니다."

강도영이 담담하게 말하자 김성준의 멘트로 인해 노래의 감성에서 겨우 빠져나왔던 관객들이 비명을 질렀다.

어떤 여자들은 벌떡 일어나 펄떡펄떡 뛰었고 어떤 사람들은 머리를 감싼 채 믿을 수 없는 표정들을 지었다.

그러나 가장 충격은 받은 것은 이승환과 윤철욱이었다.

언제까지 숨길 수 없다는 것을 안다.

그럼에도 언론 쪽에 사실을 밝히지 않은 것은 강도영이 마지막 순간까지 행복하게 살다가 가기를 바라는 마음에서 비롯된 것이었다.

그런데 강도영은 스스로 전 국민이 보는 앞에서 자신이 죽어가고 있다는 사실을 말하고 있었다.

"병이 시작된 것은 2년 전이었음에도 이제야 여러분께 사실을 말씀드리는 건 그동안 제가 해야 할 일들이 많았기 때문임을 이해해 주십시오."

"강도영 씨, 죄송한 말씀이지만 해야 할 일들이란 게 뭐였지요?"

"저는 제가 살 수 있는 날이 얼마 없다는 것을 아는 순간부터 사람들을 돕기 위해 노력했습니다. 그분들께 부담감을 드리기 싫었습니다. 죽어가는 사람에게 도움을 받는다면 그분들께서는 마음의 빚을 가질지 모른다는 두려움 때문이었죠."

"그럼 버스킹을 시작한 것도……."

"그렇습니다. 그 일환이었어요."

"이제 와서 이런 사실을 스스로 말씀하는 이유가 있나요?"

"마지막까지 숨기다가 떠나겠다는 생각을 한 적이 있습니다. 그러나 다시 생각해 보니 그것은 저만의 욕심이란 생각이 들었습니다. 제가 불우한 사람들을 위해 기부하는 것을 보며 많은 사람이 의아하게 생각한다는 말을 들었습니다. 저는 그분들의 그런 생각이 의아함을 넘어 당연시되어야 한다고 생각합니다. 우리 사회는 있는 사람들이 없는 사람들을 얕보고 경시하는 풍토에 젖어 있습니다. 재산이란 것은 행복의 척도가 아닙니다. 여러분, 외국에는 노블리스 오블리제란 말이 있다고 합니다. 있는 사람들이 사회정의를 위해 도덕적 가치를 실행할 때 진정한 존경을 받을 수 있다는 말입니다. 저는 비록 하잘것없는 사람이지만 우리 사회가 그렇게 되기를 간절히 소망하고 있습니다. 그래서 오늘 이 자리를 마련한 것입니다. 제 약속을 지키기 위해 저는 일어서지 못할 때까지 버스킹을 계속할 생각입니다. 부디 우리 사회가 소외된 사람들을 배려하고 존중하는 사회가 될 수 있도록 같이 노력해 주시기를 이 자리를 빌어 간절히 부탁드립니다."

제61장
스크린의 별 I

　석의단에게 연락을 받은 후 '환상의 파트너' 공개홀에서 녹화를 지켜보던 '뷰티플 섹션'의 김만호는 강도영의 폭탄선언을 듣고 몸을 부르르 떨었다.

　텔레비전 방송 PD가 김만호에게 연락한 것은 회사의 방침에 따른 것이었다.

　'환상의 파트너' 출연을 계기로 같은 JYN 소속의 '뷰티플 섹션'에게 강도영의 특집을 마련하라는 윗선의 지시가 떨어졌기 때문이다.

　김만호는 리포터지 기자가 아니었다.

'뷰티플 섹션'은 석 PD가 지원해 주는 필름을 배경으로 깔고 강도영의 인터뷰만 따서 방송하면 자신의 할 일은 모두 끝나게 되는 것이다.

녹화를 지켜보던 그가 급하게 전화를 걸어 '스포츠데이'의 신세원에게 연락한 것은 대학 동창이자 가장 친한 친구 놈에게 특종을 주어야 한다는 사명감 때문이었다.

어차피 300여 명의 관객이 지켜본 자리에서 터진 폭탄선언이었기 때문에 오늘이 지나기 전 강도영에 관한 사실이 전국을 강타하게 될 것이다.

시간 싸움이다.

누구보다 먼저 '스포츠데이'가 이 사실을 특종으로 터뜨린다면 신세원은 제법 커다란 보너스를 받게 될지도 몰랐다.

"세원아, 나다."

─만호야, 나 지금 정국영 인터뷰장에 와 있어서 조금 바쁜데 나중에 하면 안 될까?

"이 새끼야. 지랄하지 말고 내 말 받아 적어."

─뭔데?

"적을 준비 됐냐?"

─하아… 이놈이 왜 그런데. 준비됐다. 말해봐.

"강도영, 시한부 인생. 온몸에 암이 퍼져 길어봐야 6개월밖에 살 수 없음. 환상의 파트너 녹화 현장에서 300여 명의 관객을 향해 본인이 직접 폭탄선언."

―이 미친 새끼, 오늘 만우절도 아닌데 뭔 헛소리야. 바쁜 사람 잡아놓고, 너 진짜 죽어볼래?

"이 자식아, 다른 놈이 채갈지 모른단 말이야. 그러니까 내가 한 말 그대로 적어서 일단 터뜨려. 너 다음 주가 결혼기념일이지? 그러니까 보너스 타서 마누라한테 칭찬 받으라고."

―너, 그 거짓말 진짜냐!

"보너스 타면 반쯤 내놔. 알았어?"

―아이고……

수화기 너머에서 신세원의 숨넘어가는 소리가 들려왔다.

그러나 김만호는 친구의 반응을 무시한 채 자신이 직접 눈으로 본 사실을 급하게 말하기 시작했다.

"강도영은 환상의 파트너에 출연한 후 예선에서 탈락했으나 패널로 참여한 안경식의 제의로 인해 '살다가'를 열창. 그의 노래를 들은 서현탁과 신은서가 폭풍 오열. 이유를 묻는 MC의 질문에 강도영이 자신이 아프다는 사실을 터뜨렸고 병마와 싸우면서도 버스킹을 한 이유는 우리 사회가 지닌 고질적 병폐를……"

그날 저녁.

대한민국은 그야말로 태풍이 휩쓸고 지나간 것처럼 초토화가 되었다.

아시아 최고의 스타이자 온 국민의 사랑을 한 몸에 받고 있는 강도영이 시한부 인생을 살고 있다는 사실이 각종 언론과 인터넷을 통해 알려지면서 사람들은 일손을 놓을 정도의 충격에 빠져들었다.

이제 겨우 그의 나이 34살에 불과했으니 그 충격 여파는 상상 이상으로 클 수밖에 없었다.

실신한 사람들이 있었고 기사를 보며 눈물 흘린 사람들은 셀 수조차 없을 정도였다.

기사에서는 자신이 아프다는 걸 알면서도 우리 사회가 변화되기를 간절히 원한다면서 버스킹을 계속해 나갈 것이라는 강도영의 말이 대서특필되고 있었다.

그러나 사람들을 미치게 만든 건 '환상의 파트너'가 방송되고 난 후였다.

강도영의 시한부 삶이 먼저 기사로 터졌기 때문인지 그가 출연한 '환상의 파트너' 시청률은 무려 63%를 기록했는데 길거리가 전부 한산해질 정도였다.

박수미와 친구들도 토요일 저녁 모여 앉아 '환상의 파트너'가 시작되기를 기다렸다.

그녀들은 벌써 한 시간 전에 도착해서 텔레비전 앞에 앉아 맥주를 3캔씩 마셨기 때문에 얼굴이 붉어진 상태였다.

이윽고 '환상의 파트너'가 시작된 후 강도영이 나오자 마음이 여린 박세영이 먼저 눈물을 흘리기 시작했다.

그녀는 강도영을 보는 것만으로도 눈물을 흘리며 슬픔을 숨기지 못했다.

서현탁과 강도영이 노래를 하다 말고 덤앤더머처럼 장난치면서 관객들이 폭소를 터뜨리는 장면이 나왔으나 그녀들은 그저 넋을 잃고 그 모습을 지켜볼 뿐이었다.

마치 슬픈 영화를 보는 것처럼 그녀들의 기분은 더없이 차분하게 가라앉아 있었다.

하지만 그런 차분함은 얼마 가지 않았다.

강도영이 부른 '살다가'란 노래가 화면을 뚫고 나오면서 세 여자는 나란히 앉아 눈물을 쏟아내기 시작했다.

그녀들의 눈물은 점점 많아졌는데 서현탁이 뒤에서 오열하는 장면과 신은서가 눈을 감은 채 몸을 벌벌 떠는 모습을 보면서 점점 커다랗게 울음소리가 입을 통해 새어 나오고 있었다.

아무도 말을 하지 못했다.

노래가 끝나고 관객들이 정적에 사로잡혀 있었지만 그녀들은 우느라 그런 것도 느낄 수가 없었다.

김성준의 인터뷰에 의해 기어코 강도영의 입에서 자신이

시한부 삶을 살고 있으며 치료법조차 없어 죽음을 기다린다는 말이 흘러나오자 그녀들의 울음소리는 절정을 이루었다.

"우리 오빠, 불쌍해서 어떡해. 흐흑……."

*　　　　*　　　　*

전 언론이 강도영의 기사를 다루느라 바쁘게 움직였다.

그러나 강도영을 찾는 기자들은 아무도 없었다.

아무리 기사가 중요하다 해도 아픈 몸을 이끌고 마지막 불꽃을 불사르고 있는 강도영을 괴롭히면 안 된다는 공감대가 형성되었기 때문이다.

대신 그들은 강도영 주변의 지인들과 S대 병원 관계자들을 집중적으로 취재했는데 김홍순 박사는 인터뷰에 몸살이 걸릴 정도였다.

그럼에도 그는 강도영에 관한 사실을 그대로 노출시켰다.

이미 본인이 세상에 알린 사실이었으니 숨길 이유도 없었을 뿐만 아니라 꼭 하고 싶은 이야기가 있었기 때문이다.

"강도영 씨가 우리 병원에 처음 온 것은 2년 전이었습니다. 그때 유전자 분석을 통해 그가 희귀한 불치병을 앓고 있다는 걸 알게 되었습니다. 유전자가 파괴되는 병이었는데 학계에는 보고조차 되지 않은 것이었습니다. 당연히 치료법도 없었기 때문에 병원에서는 어떤 치료도 불가능한 상태였습니다. 많이 외롭고 힘들었을 겁니다. 하지만 그는 시간이 조금 흐르자 자신의 상황을 받아들이며 더 열심히 살더군요. 말렸습니다. 이제 얼마 남지 않은 삶을 고통 속에서 보내지 않도록 입원을 권유했으나 그는 해야 할 일이 있다면서 강하게 고개를 흔들었습니다. 그는 저에게 입원하지 않는 이유를 이렇게 말하더군요. 하나님이 주신 마지막 삶을 보람 있게 쓰고 싶다며 없는 사람들을 위해 끝까지 열심히 살겠다는 말을 남겼습니다. 막을 수 없었습니다. 그토록 아름다운 마음을 어떻게 막을 수 있겠습니까?"

그는 인터뷰 말미에 마지막 말을 하면서 눈물을 보였다.

평생을 살아오면서 죄를 짓지 않고 열심히 살아왔다는 자존심이 강도영을 만난 이후로 급격히 사라지고 있었다.

자신만을 위한 삶을 살라고 주신 목숨이 아닐진대 자신은 오로지 자신과 가족들을 위해서만 살았다는 부끄러움을 숨길 수 없었다.

나이 헛먹었다. 죽음을 앞둔 어린 사람에게 타인에 대한 배려를 이제야 배웠으니 자신은 아직도 한참이나 부족한 사람이란 생각이 들었다.

강도영의 버스킹이 다시 시작된 것은 '환상의 파트너'가 방송된 다음 주 토요일부터였다.

그가 버스킹을 하는 것으로 알려진 서울역 광장은 이미 사람들로 발 디딜 틈조차 없을 정도였는데 모든 사람의 손에는 촛불이 들려 있었다.

인터넷에서 어떤 사람의 제의로 강도영이 절망을 이겨내고 오래 살기 바라는 염원을 담아 버스킹을 할 때 촛불을 들자는 제안을 했기 때문이다.

그 옛날 국가적으로 위기에 처했을 때 국민들이 사용했던 시위 방법이었으나 개인을 위해 쓰인 건 이번이 처음이었다.

그럼에도 누구 하나 반대하는 사람이 없었다.

페이스 쪽에서는 사람들을 위해 멀리서도 볼 수 있도록 시청 앞 광장에 간단한 무대를 설치했다.

결코 콘서트가 아니다.

무대에 선 사람은 서현탁과 강도영, 오로지 두 사람뿐이었으니까.

사람들의 애정 어린 시선이 무대에 오르는 강도영을 향해 쏟아졌고 그런 사람들을 향해 강도영은 밝은 미소를 지었다.

2시간 동안 강도영과 서현탁은 열정적으로 버스킹에 임했다.

간혹 쉬는 시간도 있었으나 시청 앞 광장으로 몰려든 시민들은 전혀 자리를 뜰 생각이 없는 것처럼 보였다.

사람들은 점점 많아졌고 대충 센 숫자만 해도 5만이 훌쩍 넘었다.

만약 옛날 시위를 할 때처럼 도로를 사용할 수 있도록 교통을 차단했다면 얼마나 몰렸을지 모를 정도로 광장 주변에 모여든 사람들의 숫자는 엄청났다.

그중에 박성우와 김미라도 섞여 있었다.

그들 부부는 광개토대제 시사회에서 강도영의 사인을 받고 같이 사진까지 찍었는데 그날 이후로 강도영이 출연한 영화와 드라마, 그리고 콘서트까지 안 본 것이 없었다.

오늘 이곳에 나온 것은 누구 한 사람의 주장 때문이 아니었다.

강도영이 텔레비전에 나와 노래를 부르고 자신의 죽음이 눈앞에 있다는 사실을 말할 때 그들은 두 손을 붙잡고 눈물을 흘렸다.

수많은 사람이 몰렸기 때문에 강도영의 모습이 제대로 보이지 않았으나 그들은 군중 틈에 섞여 강도영이 노래하는 것을 지켜봤다.

자신의 불행을 숨기기라도 하려는 듯 강도영과 서현탁은 흥겨운 노래만 선정해서 사람들을 즐겁게 만들고 있었다.

"여보, 나 도영이한테 뭔가를 해주고 싶어요."

"뭘 해주고 싶은데?"

"그냥, 아무거나 다. 내가 해줄 수 있는 거라면 뭐든 해주고 싶어."

"응."

김미라의 말에 박성우가 고개를 끄덕였다.

사랑하는 아내의 마음이 가슴에 와닿았다. 강도영은 단순한 스타가 아니라 꼭 자신들의 자식처럼 느껴질 정도로 친밀하게 느껴졌기에 그가 죽기 전 무엇이라도 해주고 싶은 심정이었다.

하지만 그들이 해줄 수 있는 게 뭐가 있을까. 아무리 생각해도 뾰족한 방법이 떠오르지 않았다.

그때 김미라가 손뼉을 치면서 남편을 향해 입을 열었다.

"여보, 우리 도영이가 한 것처럼 다른 사람을 도와요. 형편 닿는 대로 매달 불우한 사람들을 위해 성금을 내면 그게 도영이를 위하는 길이지 않겠어요?"

"좋은 생각이네. 그러자. 우리도 이제 남들을 위해 배려하며 살자, 도영이처럼."

두 부부가 뜻을 모으며 활짝 웃었다.

그러고는 단상에서 흘러나오는 마지막 노래를 따라 부르기 시작했다.

강도영은 다음에 만나자는 말을 남기고 '사람이 꽃보다 아름다워'란 노래를 불렀는데 광장에 모인 모든 사람이 입을 모아 따라 불렀다.

누가 먼저였을까. 사람들은 가사를 바꾸어 부르고 있었다.

"강도영이, 꽃보다 아름다워. 이 모든 외로움을 이겨낸 바로 강도영. 누가 뭐래도 강도영은 꽃보다 아름다워……."

사람들의 눈에 촉촉하게 배어 나오는 눈물.

그 눈물은 무대에서 자신들을 바라보며 웃음 짓는 강도영을 향한 애정과 존경이 고스란히 담겨 있었다.

유명 가수들과 연예인들이 거리로 나서기 시작한 것은 강도영이 텔레비전에서 약속한 것처럼 버스킹을 다시 시작하고 난 후부터였다.

처음에는 몇몇에 불과했으나 한 달이 지나자 매주 토요일이 되면 자선 모금을 위해 수십 군데에서 연예인들의 버스킹이 벌어졌는데 얼굴만 봐도 금방 알 수 있을 정도로 유명한 사람들이었다.

그러나 그것은 시작에 불과했다.

강도영이 버스킹을 계속하면서 사회적 약자에 대한 배려와 가진 사람들이 도덕적 책임을 가져야 한다는 인식이 확산되어 정부와 비영리단체에 성금이 쏟아져 들어왔던 것이다.

*   *   *

박재영은 텔레비전 뉴스를 보면서 코웃음을 쳤다.

그는 유복한 가정에서 자랐으나 학교 다닐 때부터 일진으로 맹렬하게 활약한 전력이 있었는데 잘생긴 외모와 춤 솜씨로 인기 아이돌 그룹 '판타스틱'의 멤버가 된 행운아였다.

성공은 했을지 모르나 인성은 여전히 개차반이라 멤버들 간의 불협화음을 만드는 주범이었고 스케줄이 없을 때는 홍대 클럽에 다니면서 여자를 꼬시는 걸 낙으로 여기는 쓰레기이기도 했다.

요즘 들어 강도영의 뉴스가 텔레비전에 나올 때마다 그는 사람들이 있든 없든 거친 언사를 숨기지 않았다.

"씨발 놈, 뒈지는 게 유세야. 퍽 하면 나와서 지랄이네."

박재영이 텔레비전에 나오는 강도영의 버스킹 장면을 보면서 이죽거리자 주변에 있던 '판타스틱'의 멤버 정상화가 얼굴을 찡그렸다.

그걸 본 박재영이 눈알을 부라리며 인상을 썼다.

"뭐, 내 말이 틀려? 저 새끼 저거 다 뻥이야. 6개월밖에 못 산다고 설레발치면서 사람들한테 돈 뜯어내는 걸 거야. 우리가 그런 놈, 한두 놈 봤냐?"

"형, 강도영 씨는 그런 사람 아닙니다."

"아니긴 뭐가 아냐. 어떤 미친 새끼가 500억을 넘게 기부

하냐. 분명 어딘가 꼬물 쳐놓고 지랄하는 게 분명하다니까. 저거 버스킹인가 뭔가 하는 것도 다 돈 벌려고 하는 수작이라고. 저것들 사람들이 낸 돈 가지고 나눠가지면서 낄낄거릴 거다."

"저 사람은 콘서트 한 방에 몇백억 씩 번데요. 돈을 벌고 싶으면 그렇게 했겠죠."

"아니, 이 새끼가 선배가 말하는데 꼬박꼬박 말대꾸야. 한 대 쥐어 터져야 정신 차리겠어?"

정성화가 강도영을 두둔하고 나서자 박재영이 벌떡 일어나 주먹을 치켜들었다.

정말 한마디만 더 반박하면 주먹을 날릴 기세였다.

그러나 그는 주먹을 날리는 대신 소파를 향해 비틀거리며 걸어가 그대로 찌끄러졌다.

가만히 두 사람의 대화를 듣고 있던 '판타스틱'의 리더 강창익이 불현듯 다가와 그의 턱주가리를 갈겼던 것이다.

강창익의 잘생긴 얼굴은 이미 시뻘겋게 달아올라 있었는데 눈에서 시퍼런 광기가 새어 나와 금방이라도 사람을 죽일 것처럼 보였다.

"야, 이 씨발 놈아. 내가 그동안 판타스틱 잘되게 하려고 정말 많이 참았는데 이제는 도저히 못 봐주겠다. 너 같은 개쓰레기는 판타스틱뿐만 아니라 대한민국에 필요 없어. 내가 가수를 그만두는 한이 있더라도 너를 오늘 반드시 죽여야겠다. 뭐라고? 강도영 씨가 돈을 빼돌려? 이 좆 같은 새끼야, 네가 그러고도 인간이냐? 강도영 씨가 너한테 뭘 그렇게 잘못했는데 죽어가면서까지 사람들을 돕겠다고 몸부림치는 사람한테 지랄이야, 지랄이. 이 개새끼야!"

*   *   *

버스킹의 열풍은 3개월이 지나면서 점점 거세져만 갔다.

전국이 온통 매주 토요일만 되면 축제 분위기에 사로잡혔다.

사람들은 이제 토요일을 토요일이라 부르지 않고 '강도영 데이'라고 부르고 있었다.

전국을 모두 따지면 연예인들이 벌이는 버스킹 숫자는 100여 군데가 훌쩍 넘었는데 그중 30여 명은 매주 한 번도 빼놓지 않고 버스킹을 벌였다.

사회 유명 인사들이 나서기 시작한 것도 그때부터였다.

노래에 자신이 없는 배우나 탤런트, 개그맨들은 거리로 나가 허그를 하면서 모금에 동참했고, 국회의원이나 교수들은 자선 강연을 통해 모금 활동을 펼쳤다.

삼정그룹의 회장 이철성은 요즘 후계자 승계 때문에 골머리를 앓았다.

자신의 건강이 점점 나빠지고 있었기에 하루라도 빨리 후계자를 선정해야 했고 재산도 자식들에게 넘겨야 할 판이었다.

한평생 살아오면서 뼈저리게 느낀 것은 돈을 움켜쥐고 있어야 된다는 것이었다.

자신이 재산을 움켜쥐고 있어야 모든 사람이 허리를 숙이고 개처럼 발바닥을 핥기 위해 몸부림을 친다는 사실을 선친에게 배웠다.

그랬기에 자식들에게 재산 승계를 미뤄왔는데 막상 건강이 악화되자 몸이 달아올랐다.

뭐, 있는 사람들이 도덕적 책임을 져야 해? 사회를 위해 봉사해야만 존경을 받아?

다 개소리다.

내가 번 돈이었고 당연히 모든 재산은 내 핏줄을 이어받은 자식들에게 돌아가야 한다.

왜 내가 피땀 흘려 번 돈을 이름조차 모르는 벌레들한테 나눠줘야 한단 말인가.

문제는 세금이었다.

자신이 가지고 있는 엄청난 재산을 자식들에게 물려주기

위해서는 천문학적인 세금을 내야 한다는 사실이 그를 골머리 썩도록 만들었다.

하지만 방법이 없는 것도 아니다.

그동안 다른 재벌들이 한 것처럼 편법 증여를 통해 세금을 탈루하는 방법은 수도 없이 많았다.

그랬기에 그는 그룹의 법률 팀과 회계사를 총동원해서 자식들이 세금을 안 내고 자신의 재산을 고스란히 증여받는 방법을 총동원했다.

대한민국 사회에서 안 되는 게 어디 있나.

국세청에는 자신의 돈을 받아먹은 놈이 여럿이었고 기재부와 국회의원들도 그의 말이라면 껌벅 죽는 놈들이 상당수에 달했다.

그자들의 힘과 그동안 재벌 상속에 눈감아주었던 정권의 속성을 잘만 이용하면 이번 일도 무사히 넘어갈 게 분명했다.

회장실에 앉아 여유 있게 커피를 마시며 고문 회계사의 보고를 받았다.

고문 회계사가 내민 서류에는 2조에 달하는 재산을 자식들에게 넘기는 데 세금은 고작 300억만 내는 것으로 구성되어 있었다.

"언제까지 가능한가?"

"지금 심사 중이니까 늦어도 일주일 안에는 결판이 납니다."

"문제는 없겠지?"

"그자들도 이런 경우가 한두 번이 아니었으니 대충 눈감아 줄 겁니다. 더군다나 만약을 대비해서 골고루 떡밥을 뿌려놨습니다. 그러니 걱정하지 마십시오."

"자네가 수고 많았군."

"그렇게 생각해 주시니 감사합니다."

고문 변호사가 희미하게 웃으며 고개를 바짝 숙였다. 마치 주인에게 충성을 맹세하는 개처럼.

이놈도 떡밥을 원하겠지.

크크크… 그래, 주마. 그까짓 몇억 정도는 쥐어줘야 앞으로도 죽을 둥 살 둥 모르고 충성할 테니 말이다.

만면에 웃음이 지어졌다. 당뇨가 심해졌고 각종 합병증이 생기면서 병원은 그의 수명을 기껏해야 2년 정도로 잡고 있었다.

이런 상황에서 마지막 고민이었던 재산 증여까지 모두 해결되자 속이 다 시원해졌다.

문이 열리며 전혀 예상하지 못했던 사람들이 나타난 것은 고문 회계사가 왕 앞에서 물러나는 내시처럼 뒷걸음으로 집무실을 빠져나갈 때였다.

몸이 쉽게 따라주지 않았지만 자리에서 벌떡 일어날 수밖에 없었다.

문을 열고 들어온 사람이 기재부 장관과 국세청장이었기 때문이다.

"아니… 어쩐 일로……."

"회장님께 드릴 말씀이 있어서 왔습니다."

"그럼 전화로 하시지 직접 여기까지 오셨습니까."

"전화로 할 말이 아니라서요. 차는 필요 없으니 용건부터 말씀드리죠. 회장님께서 자제분들께 증여하기 위해 제출하신 자료는 반려되었습니다. 그리고 삼정그룹 전체에 세무조사가 들어갈 겁니다. 준비하지 마십시오. 당장 오늘부터 시작되니까요. 회장님은 아직도 사회 분위기를 모르시는 것 같더군요. 그렇게 편법으로 증여하는 게 아직도 용인될 것이라 생각하셨습니까? 우리 정부는 삼정을 시작으로 재벌들의 편법 증여를 완전히 뿌리 뽑을 생각입니다. 앞으로 어떤 세금 탈루도 용서치 않을 거란 말입니다. 아시겠어요?"

*   *   *

원유종은 벤츠 S클래스를 몰고 테헤란로를 지나 강남역 사거리로 들어섰다.

그가 타고 있는 신형 벤츠 S클래스는 3억이 넘었는데 진화된 인텔리전트 드라이빙 시스템이 탑재되어 있는 신모델이었다.

그의 나이 32살에 이런 차를 탈 수 있는 건 전부 명동 일대에 7채의 빌딩을 소유한 부모 덕이었다.

고등학교만 나온 후 부모 빽으로 군대를 가는 대신 서울에서 공익으로 근무했고 제대 후에는 아버지의 빌딩을 관리한다는 명목으로 상무 직책을 달았다.

할 일은 별로 없었다.

주 업무는 별도로 전담 회계사를 두었기 때문에 그는 한 달에 한 번 들어오는 업체들의 월세가 제대로 통장에 꽂혔는지만 확인하면 된다.

삶이 즐거웠다.

이제 아버지의 나이가 벌써 66살이었으니 얼마 지나지 않으면 그 많은 재산이 고스란히 그에게 넘어올 것이다.

신형 벤츠를 산 후 삶이 더욱 즐거워졌다.

도로에 나가면 자신의 차 주변으로는 차들이 다가오지 않으려 했다.

신호들이 바뀐 걸 보고 일부러 늦게 출발해도 경적을 울리는 놈은 하나도 없었다.

그것은 음식점이나 룸살롱, 클럽 어디를 가도 마찬가지였다.

역시 갑질에는 차가 최고다.

오늘도 원유종은 볼륨을 최대로 틀어놓고 최고급 오디오에서 흘러나오는 노래를 들으며 신나게 도로를 달렸다.

불금.

오랜만에 강남역을 향해 떴다.

영감탱이가 재산을 물려받으려면 공부를 해야 한다면서 신경질을 부렸기 때문에 2달 가까이 회계사 밑에서 낑낑거리며 봐도 모르는 숫자들을 쳐다보느라 눈알이 팽팽 돌아갈 정도였다.

참았다. 지금은 아버지가 갑이었고 자신이 을이었으니 재산을 전부 물려받을 때까지는 인내심을 가지고 참는 수밖에 없었다.

강남역 뒤쪽의 유흥가는 예전에 그가 자주 가는 아지트였다.

벤츠로 몰고 회원제 클럽 앞에 주차하는 순간, 골빈 여자들이 떼로 몰려들 것이기 때문에 강남역이 다가오자 저절로 흥분이 몰려왔다.

원유종의 성질을 건드린 건 사거리에서 좌회전을 하기 위해 깜박이를 넣고 있을 때였다.

오랜만에 있는 자의 위엄을 보여주고 싶어 일부러 신호가 바뀌었어도 움직이지 않자 뒤차가 빵빵거렸던 것이다.

"저 씨발 놈이 미쳤나?"

하도 어이가 없어서 윈도우를 내리고 고개를 빼고 뒤쪽을 바라보자 구형 소나타에 있던 놈이 자신과 비슷하게 고개를 빼 든 채 소리를 질러왔다.

"빨리 안 가! 바빠죽겠는데 뭐 하는 짓이야?"

"야, 이 자식아. 넌 이 차가 눈에 안 뵈냐?"

"좆 같은 소리 하고 자빠졌네. 새까맣게 어린 새끼가 벤츠나 몰고 다니는 게 자랑이냐. 빨리 차나 빼, 새끼야!"

열이 받을 대로 받았다.

당장 내려서 작살을 내려고 했는데 그게 마음대로 안 됐다.

주변에 있던 차들이 전부 그를 향해 경적을 울리며 지랄하는 게 보였기 때문이다.

*　　　　*　　　　*

국무회의를 마친 장상주 대통령은 장관들이 전부 돌아가자 따로 비서실장과 정무수석을 집무실로 불러 들여 티타임을 가졌다.

국무회의에서는 국가의 공식적인 업무가 주제였지만 청와대 조직 내의 실세인 비서실장과 정무수석과는 티타임에서는 대통령의 관심사가 주로 처리된다.

정상주 대통령의 통치 스타일이 그랬다.

지난 5년 동안 대한민국을 이끈 정상주 대통령은 온화한 카리스마로 국가를 통솔하며 임기가 다 되어가는 지금까지 지지율이 50%를 넘을 정도로 사랑받고 있었다.

그의 최대 장점은 권위 의식을 버리고 낮은 자세로 국민들을 섬기겠다는 신념을 철저히 지켰다는 것이었다.

사익을 철저히 배제했고 오로지 국가만을 위해 헌신했기 때문에 박수를 받으며 떠날 수 있는 대통령으로 기록될 게 분명했다.

오늘 비서가 가져온 차는 보이차였다.

"마셔요. 이거 뇌물로 받은 거라서 비싼 거예요."

"대통령님도 뇌물을 받으십니까?"

"허허… 우리 처제가 중국 갔다 오면서 저 먹으라고 사왔답니다. 조카가 결혼할 나인데 괜찮은 신랑감 하나 골라달라더군요."

"아이고, 큰 뇌물을 받으셨네요."

"그건 그렇고… 이 수석님, 요새 나라가 좋은 쪽으로 변하고 있죠?"

"예, 맞습니다. 국민들이 스스로 솔선수범해서 사회적 약자들을 돕기 위해 나서고 있습니다. 그에 맞춰 저희 정부에서도 정책 전환을 시도하고 있는 중입니다."

"다행이군요. 이게 모두 강도영 씨 때문이죠?"

똑같은 어투.

장상주 대통령의 특유한 화법이다. 모든 것을 다 알고 있으면서도 참모들에게 다시 묻는 건 실수를 최대로 줄이려는 그의 성격 탓이었다.

비서실장도 그것을 잘 알기에 대답이 신중해졌다.

"그렇습니다. 그는 아직도 버스킹을 하면서 이런 분위기를 이끌고 있습니다."

"얼마나 버틸까요?"

"저희가 알아본 바로는 이제 막바지에 다다른 것 같습니다. 김홍순 박사는 2달 정도를 보고 있더군요."

"고통이 심할 텐데 그대로 방치해도 괜찮은 겁니까?"

"본인이… 개인의 의지를 억지로 막을 수는 없잖겠습니까."

"젊은 친구가 어쩌다가… 정말 존경스러운 사람이군요."

"대한민국 국민 모두가 그를 사랑합니다. 아무래도 그 친구는 단순한 스타가 아닌 것 같습니다. 대중들에게 진정으로 사랑을 받고 있으니 뭐라고 불러야 될지 모르겠습니다."

"불쌍하면서도 부러운 사람입니다. 나도 못 받은 존경을 젊은 나이에 받고 있는 건 희생이라는 위대한 정신이 뒷받침되었기 때문이겠죠. 그래서 말인데요… 나도 해볼까 합니다."

"대통령님… 뭘 말입니까?"

"그 친구가 하는 버스킹 말입니다. 나는 노래를 못하니까 국민들과 허그를 해볼까 합니다."

"그건 안 됩니다. 대통령님이 그런 자리를 만들다니요. 경호에도 문제가 있고 자칫……."

비서실장이 펄쩍 뛰면서 반대를 하다가 끝말을 맺지 못했다.

정상주 대통령이 손을 들어 그의 말을 끊었기 때문이다.

"실장님, 그 친구는 죽어가는 마당에도 남을 돕기 위해 나서고 있어요. 그런 마당에 대통령인 제가 나서지 않으면 국민들이 뭐라고 생각하겠어요. 인기를 위해서 나서겠다는 게 아니에요. 지금 대한민국을 휩쓸고 있는 변화의 물결에 저 역시 동참해야 한다는 사명감 때문에 하려는 겁니다. 일정을 잡아주세요. 오래 하기는 힘들겠지만 국민들께 감사하다는 인사를 하고 싶습니다."

*　　　　*　　　　*

강도영은 버스킹이 끝나고 나면 집에서 휴식을 취하며 시간을 보냈다.

점점 몸이 버티기 힘들 정도로 약해지고 있었다.

어제는 화장실에 갔다가 혈변이 쏟아졌기 때문에 신은서

몰래 치우느라 고생을 해야 했다.

음식을 먹는 것도 힘들어졌다.

요즘은 수시로 먹었던 것들을 토해내고 있었는데 위가 제대로 기능을 발휘하지 못하기 때문일 것이다.

몸에 열이 오르기 시작한 것은 신은서가 아버지의 생일을 맞아 잠시 집을 비웠을 때였다.

그녀는 점심만 먹고 바로 돌아오겠다며 집을 나섰는데 직접 서현탁에게 전화를 걸어 집으로 와달라는 연락을 한 후 떠났다.

서현탁을 기다리려 했으나 몸이 점점 떨려왔기 때문에 지체 없이 택시를 잡아타고 S대 병원으로 향했다.

그날이다.

아직 통증이 생기지 않았지만 직감으로 그날이 왔다는 것을 알 수 있었다.

그날이 되면 생기는 통증은 그냥 참기에는 버틸 수 없을 정도로 지독했기 때문에 서현탁을 기다리지 않고 무작정 병원으로 향했다.

그의 머릿속에 남아 있는 건 통증이 본격적으로 시작되기 전에 진통제를 맞아야 한다는 생각뿐이었다.

병원으로 가면서 정신을 잃기 전 김홍순 박사에게 전화를 한 것이 다행이었다.

그를 알아본 택시 기사는 신호까지 위반하며 병원으로 향했는데 직접 업어서 기다리고 있던 김홍순 박사에게 인계한 후 돈도 받지 않은 채 떠났다.

예상했던 대로 최악이다.

진통제를 맞은 상태에서 검사한 자신의 몸은 장기가 제대로 활동하는 것이 이상할 정도로 암이 퍼져 있었다.

과연 얼마나 남았을까.

무서웠다. 이대로 눈을 감는 것이 너무나 두려워 이를 악물고 참았으나 눈물이 흐르는 걸 막을 수가 없었다.

하나님… 조금만 더… 조금만 더 살게 해주시면 안 될까요.

제62장
스크린의 별II

　강도영이 병세가 악화되어 다시 입원했다는 소식이 알려지
자 국민들은 안타까움을 숨기지 못했다.

　대부분의 언론은 그가 다시는 버스킹을 하지 못할 것이라
예상했다.

　병원 측에서도 암이 너무 많이 전이되어 이제 외부 활동을
하는 것이 어렵다고 발표했기 때문이다.

　강도영이 입원한 병실은 팬들이 보내준 꽃들로 온통 뒤덮
여 세상에서 가장 아름다운 화원으로 변했다.

　아니다. 그가 입원한 병실뿐만 아니라 복도에까지 꽃들로

넘쳐나 병원 측에서는 매일 시든 꽃들을 치우느라 정신이 없었지만 사람들은 꽃들을 보내왔기 때문에 계속해서 새로운 화원이 생기고 있었다.

김홍순 박사는 강도영의 상태를 확인하고 눈을 질끈 감고 말았다.

이제 정말 막바지였다.

강도영의 몸을 잠식한 암세포는 장기 곳곳에 자리를 잡은 채 거대한 버섯처럼 뻔뻔한 낯짝을 내밀고 있었다.

그럼에도 이해할 수 없는 건 강도영의 상태였다.

혈변이 쏟아졌고 호흡곤란 증세와 구토까지 이어졌으나 강도영은 5일이 지나자 힘들게 자리에서 비틀거리며 일어났다.

정말 말도 안 되는 일이었다.

보통 사람의 경우 이런 상태라면 병실에서 누워 눈만 겨우 떠야 정상이었지만 강도영은 자리에서 일어나 배고프다며 밥을 찾았다.

이것 또한 말이 안 된다.

위가 암에 반 이상 전이되어 있는 상태에서는 식사를 해봤자 위의 활동이 저하되어 역류 현상이 나타나고 겨우 소화된 음식물조차 기능이 정지된 대장으로 인해 체내에 남기 때문에 온몸을 붓게 만드는데 강도영은 혈변만 쏟아냈을 뿐 아직도 대장 활동이 작동되고 있었다.

마음 같아서는 영양제 주사로 강도영의 상태를 관리하고 싶었으나 워낙 정신이 또렷했고 식사를 원했기에 5일이 지난 후부터 흰죽을 쑤어주었다.

이미 강도영의 상태는 아무리 넉넉하게 잡아도 한 달을 넘기지 못할 것이라는 판단이었다.

그런 마당에 먹고 싶은 것마저 못 먹게 한다는 것은 너무나 잔인한 일이었다.

문제는 고질적으로 찾아오던 통증이 가라앉고 음식물을 섭취한 지 3일 만에 강도영이 퇴원하겠다고 고집을 부리기 시작했다는 것이었다.

강도영의 부모는 물론이고 서현탁, 신은서, 그리고 이승환과 윤철욱까지 만류했으나 그는 자신의 주장을 굽히지 않았다.

"자네, 도대체 나한테 왜 그러는 건가. 그 몸으로 어딜 가겠다는 거야?"

"팬들에게 이제 떠나야 한다는 인사를 하지 못했어요. 먼 길 가기 전에 인사는 해야죠. 그리고 저희 부모님과 제가 사랑하는 사람들하고 마지막 작별의 시간을 가져야 해요. 조금이라도 제가 힘이 남았을 때 그래야 하잖아요."

"그래도 이 사람아……."

"박사님, 오늘 퇴원 수속을 밟아주세요. 그리고… 그동안 고마웠습니다."

김홍순 박사가 강도영의 손을 잡으며 참았던 눈물을 기어코 떨어뜨렸다.

이것이 이별이라는 걸 안다.

다시 오는 순간 강도영은 그 무엇보다 아름답고 빛나던 눈동자를 자신에게 보여주지 못할 것이다.

그럼에도 그는 간절한 마음으로 이성과 배반되는 말을 하고 말았다.

"다시 와. 그딴 소리 하지 말고. 이 사람아… 나하고도 작별 인사 정도는 해야 되잖아."

*　　　　　　*　　　　　　*

"은서야, 미안하지만…우리 도영이 나한테도 기회를 줘라. 내가… 아니, 우리 가족도 도영이 마지막 가는 길을 봐야 되지 않겠니."

정영숙은 눈물로 신은서에게 양해를 구하고 격일로 강도영의 맨션을 찾았다.

눈이 오나 비가 오나 택시를 몰고 일을 하던 강성두는 일을 그만두고 정영숙과 함께 맨션으로 찾아와 강도영을 돌보다가 신은서가 오면 집으로 돌아갔다.

강도영의 몸 상태는 병원에 다녀온 후 급격히 나빠지고 있었다.

혈변의 양이 많아졌고 구토 증세가 심해지면서 먹었던 음식물을 계속 토해냈다.

영양분을 충분히 공급받지 못했기 때문인지 몸도 많이 야위어갔고 얼굴도 허옇게 질렸으며 주변 사람의 부축이 없으면 제대로 걷지 못했다.

그런 와중에도 강도영은 이승환에게 부탁해서 마지막 버스킹을 준비해 달라고 간청했다.

"절대 안 돼!"

"사장님, 제 마지막 부탁입니다. 저는 해야 해요."

"왜… 왜 이 자식아. 나를 이렇게 괴롭혀. 그 몸으로 어떻게 무대에 선다는 거야. 제발, 도영아. 나한테… 그러지 마라."

"제 몸은 제가 잘 알아요. 이번 주 토요일까지는 충분히 버틸 수 있습니다. 제가 나가야 지금 벌어지고 있는 일들을 더 크게 확산시킬 수 있어요. 그러니 한 번만 더 부탁드려요."

"미친놈아. 죽는 놈이 그런 걸 네가 왜 신경 써. 그건 이제 살아남은 사람들이 할 일이다. 그러니까 너는 그저 지켜보면 된다고!"

"알아요. 그래도 인사는 하고 가야죠."

강도영이 퇴원해서 마지막 버스킹을 한다는 소식이 전해지자 전국이 들끓었다.

이번 주 토요일 시청 앞 광장에서 건강이 악화된 강도영이 마지막 인사를 한 후 떠난다는 기사가 터지자 사람들은 간절한 마음으로 토요일을 기다렸다.

텔레비전 방송과 각종 언론들은 김홍순 박사의 진단을 전하면서 강도영이 도저히 버스킹을 할 수 없는 상태임을 알리며 우려를 나타내고 있었으나 마지막 버스킹은 동요하지 않고 정상적으로 추진되었다.

정부에서는 강도영 팬클럽이 제출한 집회 신고서를 받아들여 광화문 일대의 교통을 완전히 차단하고 무대를 시청 앞 광장이 아니라 광화문로의 중앙에 설치해도 된다는 공문을 보내왔다.

강도영의 마지막 버스킹은 대한민국을 온통 들썩이게 만들었고 엄청난 인파가 몰릴 것이라 예측한 정부가 혼잡을 막기 위해 내린 조치였다.

사람들이 광화문으로 몰리기 시작한 것은 토요일 아침부터였다.

버스킹은 그동안 벌어졌던 3시가 아니라 6시로 계획되어 있었으나 강도영 팬클럽 회원들을 필두로 수많은 사람이 이른 아침부터 광화문으로 향했다.

박성우와 김미라도 아침 9시가 되자 전철을 타고 광화문으로 갔다.

점심은 김미라가 새벽부터 일어나 도시락을 준비했는데 아이들이 전부 장성해서 집을 떠난 후에는 이런 부산함을 보인 적이 없었다.

언론에서 보도한 바에 의하면 오늘 버스킹에서 강도영은 단 한 곡만 부르고 나머지는 자발적으로 참여한 가수들과 연예인들이 나선다고 들었다.

곳곳에 대형 스크린을 설치해서 모든 사람이 강도영의 마지막 모습을 볼 수 있게 만들어 실질적으로 오늘 버스킹은 콘서트나 다름없었다.

9시 40분.

광화문에 도착한 박성우와 김미라는 입을 떡 벌린 채 눈앞에서 벌어진 광경을 지켜보며 아무런 말도 꺼내지 못했다.

자식처럼 여기던 강도영의 마지막 모습을 보기 위해 아침 일찍 집을 나섰으나 광화문 대로는 사람들로 인해 인산인해를 이뤄 무대가 까마득히 보였기 때문이다.

"여보, 어쩌죠?"

"할 수 없잖아. 그냥 여기에 자리를 잡아야지."

무대와는 거의 100m 떨어진 곳에 준비해 온 방석을 깔으며 박성우가 한숨을 길게 내리 쉬었다.

그럼에도 한편으로는 안도의 표정을 지었다.

그들이 앉은 바로 앞에 거대한 스크린이 보였기 때문이다.

김미라를 방석에 앉히고 준비해 온 초를 꺼내 든 박성우는 옆으로 다가와 자리에 앉는 처녀들을 바라보았다.

그녀들은 아름다운 꽃들을 각각 들고 왔는데 이야기를 들어보니 떠나는 강도영에게 주려고 했던 것 같았다.

하지만 어려울 것이다. 이렇게 수많은 인파 속에서 강도영에게 꽃을 전달한다는 건 불가능한 일일 테니 말이다.

하지만 그녀들은 전혀 개의치 않고 꽃을 자신들의 앞에 내려놓은 후 조용히 앉아 도란거리며 강도영에 대한 이야기를 나눴다.

*   *   *

버스킹이 시작된 후 시간에 맞춰 광화문에 도착한 강도영은 대기실에 앉아 자신의 차례가 오기를 기다렸다.

그의 순서는 가장 마지막이었기 때문에 몸 상태를 생각해서 늦게 왔는데도 아직 30분이나 남아 있었다.

서현탁과 신은서에게 의지해 겨우 차에서 내려 대기실로

들어왔는데 10m에 불과한 거리를 걸어오는데 무려 5분이나 걸렸다.

그런 강도영의 모습을 수많은 기자가 몰려들어 사진을 찍었다.

막지 않았다.

마치 시상식에 참여한 스타를 마중하는 것처럼 기자들은 길을 확보해 준 후 양쪽으로 길게 늘어서 사진을 찍었기 때문에 말릴 이유도 없었다.

플래시가 정신없이 터지는 소리만 들렸을 뿐 기자들은 그 누구도 입을 열지 않았다.

자신이 해야 할 일을 하면서도 그들은 힘겨워하는 강도영을 바라보며 안타까움을 숨기지 못했다.

강도영은 대기실에 들어와 무대에 올라 노래를 부르는 가수들과 연예인들의 모습을 지켜봤다. 그들은 그 누구도 신나는 노래를 하지 않았고 노래를 하기 전 한입이 되어 자신에 대한 칭찬과 안타까움을 이야기했다.

부끄러워 얼굴이 붉어졌다. 자신이 한 일은 칭찬을 받기 위해 한 것이 아니었다.

"현탁아, 나 물 좀 줄래."

"목 말라? 잠깐 기다려 내가 금방 가져다줄게."

강도영의 부탁에 서현탁이 한쪽에 있는 물병을 들고 와 물

잔에 따라주었다.

그 물을 조금씩 마시며 강도영은 입술을 축였다.

그가 노래를 하기 전에 항상 하는 행동이었다.

"도영 씨, 노래하다 힘들면 중단해도 돼. 그러니까 무리하지 마, 응?"

"그럴게."

"꼭이야. 알았지?"

신은서가 다시 한 번 간절한 눈으로 강도영을 바라봤다.

그러자 강도영이 그녀를 향해 웃음을 지었다. 여전히 밝고 아름다우며 사랑이 가득찬 웃음을 말이다.

*   *   *

미국의 CNN 방송 한국 특파원 마이클은 광화문으로 향했다.

새벽에 최신 방송 장비가 탑재된 차를 광화문에 배치했기 때문에 그는 뒤늦게 빈손으로 전철을 타고 갔다.

예전 촛불 시위 때 당한 경험이 있었던 그로서는 최선의 선택이었다.

오후 3시.

아직 대한민국은 물론이고 전 세계적으로 화제를 몰고 온 강도영의 마지막 버스킹이 시작되려면 3시간이나 남았으나 이미 광화문 일대는 사람들로 가득 차 발 디딜 틈조차 보이지 않았다.

정말 경이적이다.

사람들의 바다. 광화문에서부터 시작된 사람들의 인파는 시청 광장을 넘어 세종대로 사거리까지 빽빽하게 차 있었는데 대충 봐도 30만은 훌쩍 넘을 것 같았다.

마이클은 카메라맨들과 회의를 한 후 방송 위치를 잡느라 부산하게 움직였다.

워낙 사람들이 많이 몰렸기 때문에 최적의 위치를 잡지 못하면 생생한 현장 모습을 전하는 게 어렵기 때문이다.

정신없이 움직이다 보니 시간은 금방 흘러 5시가 넘었는데 이제 광화문 일대는 완벽하게 사람의 바다로 가득 차 있었다.

프랑스의 유력 방송 TV5몽드의 베테랑 기자 레오가 다가온 건 그가 작성된 원고를 토대로 방송 준비를 하고 있을 때였다.

레오는 그를 보자마자 손을 들어 알은척을 했는데 손에는 스타벅스 커피가 들려 있었다.

"마이클 오랜만이야."

"프랑스로 돌아간 걸로 알았는데 언제 왔어?"

"이틀 전에… 본사에서 하도 난리를 피우는 바람에 어쩔수 없이 왔어."

"이것 때문에?"

"그럼 뭐가 있겠어."

"하긴, 당신처럼 한국에 대해 잘 아는 사람이 누가 있을까. 나라도 당신을 보냈겠다."

"내가 한국을 알긴 뭘 알아. 마이클도 지금 눈으로 보고 있잖아. 내가 한국에 5년을 살았지만 이 나라는 도무지 알수 없는 나라야."

"크크크… 그렇긴 하지."

"이게 뭐냐고. 뻑 하면 수십만이 모여서 난리를 치는 나라가 한국밖에 더 있어. 뭐가 잘못돼서 무장 시위를 하는 것도 아니고, 촛불 하나 달랑 들고 거리에 앉아서 그냥 소리만 지르잖아. 난 정말 이해가 안 돼."

"말 똑바로 해. 이상한 나라가 아니라 신비한 나라야. 자네도 알다시피 이런 문화를 가진 나라가 지구를 통틀어 또 어디 있어. 더군다나 이번은 정풍운동이야. 다른 때는 월드컵 응원, 광우병과 대통령 탄핵 시위 때문에 모였지만 이번에는 또 진화되었단 말이지."

"그러니까 이상한 나라잖아. 노블레스 오블리주는 오랜 역사 속에서 피어난 꽃이라고. 더군다나 한국은 오랜 군사 독재로 인해 진짜 민주주의가 시작된 건 30년도 안 됐어. 그런데 스타 한 명이 나서서 외친다고 이런 운동이 벌어진다는 게 말이나 되냐?"

"그냥 스타가 아니라 강도영이기 때문에 그런 거야. 강도영은 자신의 몸을 스스로 불구덩이에 던지며 운동을 주도했어. 건강할 때도 그랬고 몸이 아파 움직이기 힘들 때도 사회적 약자를 위해 최선을 다했단 말이지. 한국 사람들이 변하기 시작한 건 강도영이 보여준 희생 정신에 감동했기 때문이야. 아마 이번 운동은 단발성으로 끝나지 않고 한국 사회를 완벽하게 변하도록 만들 게 분명해. 한국 사람들은 기적을 좋아하거든."

*　　　　*　　　　*

강도영은 서현탁과 신은서의 부축을 받고 무대로 올라갔다. 눈이 부셨다.

그가 무대로 올라서자 우레와 같은 함성이 울렸고 거리를 온통 밝힌 촛불이 그를 반겨주었다.

이를 악물고 눈물을 참으며 마이크 앞에 다가섰다.

그런 후 천천히 입을 열었다.

"다시 여러분을 뵙게 되어 기쁩니다. 이 자리에 서지 못할까 봐 너무나 두렵고 겁이 났습니다. 저는 잘 아시는 것처럼 몸이 아파 더 이상 무대에 서지 못할 것 같습니다. 그래서… 여러분께 마지막 인사를 드리고 싶었습니다. 헉헉… 주변에 계신 분들이 말렸지만 저에게 많은 사랑을 주셨던 여러분께 작별 인사를 드리는 게 도리라고 생각했습니다. 이제 저는 더 이상 여러분을 만나 뵙지 못하겠지만 죽어서라도 여러분의 사랑을 기억할 것입니다. 허억……."

강도영이 말하다 말고 허리를 숙였다. 한꺼번에 많은 말을 하자 호흡이 너무 가빠져 목이 메었기 때문이다.

그러자 강도영의 말을 듣고 있던 사람들이 비탄에 젖어 그의 이름을 부르기 시작했다.

그들이 부르는 강도영의 이름은 슬픔의 파도가 그대로 담겨 있는 것이었다.

그 소리를 들으며 강도영이 힘겹게 허리를 일으키며 말을 이어 나갔다.

"여러분을 만나서 행복했습니다. 제가 오늘 부를 노래는 '만남'이란 곡입니다."

강도영의 노래는 노래가 아니었다.

호흡이 딸려 자꾸 멈췄기 때문에 노래가 중간에서 끊어졌고 박자마저 놓쳤다.

안타깝게 그 모습을 바라보던 신은서가 용기를 내어 그의 옆으로 다가와 같이 노래를 불렀다.

부족한 노래 솜씨라서 사람들 앞에 서기를 꺼렸던 그녀였으나 신은서는 강도영을 품에 안고 크게 소리를 내어 노래를 불렀다.

하지만 그녀의 노래도 이어지지 못했다.

품에 안긴 강도영을 끌어안은 채 기어코 오열을 터뜨렸기 때문이다.

대신 사람들의 합창이 노래를 이끌었다.

30만이 넘게 운집한 광화문 광장이 사람들의 노래로 가득 찼고 마지막 인사를 하기 위해 나온 강도영을 향해 눈물의 이별 인사를 전해주었다.

*   *   *

강도영의 마지막 버스킹 장면은 여러 방송사에서 생중계로 전국에 방송되었다.

눈물의 바다.

광화문에 참석했던 사람들은 물론이고 집에서 텔레비전을 지켜보던 사람들 또한 안타까운 마음을 감추지 못하고 비틀거리며 무대를 내려가는 강도영의 마지막 모습을 눈물로 배웅했다.

강도영의 버스킹은 끝이 났으나 대한민국은 그때부터 전 세계에 화제를 몰고 온 버스킹 문화가 본격적으로 시작되었다.

매주 토요일이 되면 전국에서 사회적 약자를 위한 버스킹이 들불처럼 피어올랐는데 외신들은 이런 사실들을 전하며 대한민국의 기적에 감탄을 금치 못했다.

*　　　　　*　　　　　*

강도영은 마지막 버스킹을 끝내고 집으로 돌아온 후 급격히 기력이 약해지면서 거의 대부분의 시간을 침대에서 보냈다.

점점 심해지는 통증을 억제하기 위해 진통제를 먹고 있었으나 전신에 독버섯처럼 커져 버린 암세포는 그의 정신을 갉아먹을 정도로 지독하게 그를 괴롭혔다.

희미해진 동공, 잔뜩 부풀고 메마른 입술, 바짝 말라 버린 창백한 얼굴.

그렇게 아름다웠던 그의 모습은 이제 찾아보기 힘들 정도로 변해 있었다.

그의 상태가 점점 나빠지면서 강성두와 정영숙, 그리고 신은서와 서현탁은 모든 일을 접어두고 그의 곁에서 떠나지 않

있다.

떠나는 순간까지 절대 외롭게 만들지 않겠다는 그들의 의지는 너무나 커서 오히려 부담을 갖게 했으나 강도영은 아무런 말없이 그들의 행동을 지켜만 보았다.

고통을 완화시키기 위해 먹고 있는 진통제가 수면 효과를 일으켜 대부분의 시간을 잠 속에서 보내야 했다.

꿈을 꾸었다.

어렸을 적 뛰어놀던 운동장이 보였고 못생긴 외모 때문에 울고 있던 자신의 철없던 얼굴이 떠올랐다. 그때마다 부모님은 눈물로 자신을 바라보았지.

서현탁과의 즐거웠던 추억과 신은서와의 아름다운 사랑, 그리고 스타가 되어 스크린을 누볐던 순간들이 차례대로 떠올랐다.

이제와 생각하니 모든 순간은 너무나 소중한 것들이었다.

그때 추억들이 사라지며 몽롱한 기운이 피어오른 후 누군가가 말을 건네왔다.

"도영아, 이제 얼마 안 남았네. 그래도 꽤 괜찮은 삶이었지?"

"누구세요?"

"누구긴… 나는 너야. 또 다른 너. 예전에 못생겼을 때의 너 말이야."

"아⋯⋯."

"어땠어? 비록 짧았지만 네가 그토록 살고 싶어 했던 삶이 었으니까 좋았겠다."

"응, 좋았어. 너무 행복해서 눈물이 날 정도로."

"너무 빨리 떠나서 억울하지 않니?"

"아니, 그렇지 않아. 최선을 다해 살아왔고 그 시간 동안 너무나 행복했으니까. 한 가지 아쉬움이 있다면 너한테 미안 하다는 거야. 네 인생을 살지 못하게 만들었잖아."

"못생긴 나로 살았으면 네가 행복하게 살았을까?"

"그럴 수도⋯ 아닐 수도⋯⋯."

따뜻한 봄날의 햇살이 창가로 들어와 강도영의 얼굴을 비 추었다.

눈이 부시다.

억지로 일어나 침대에 기대앉았다. 그러고는 옆에서 자신 을 지켜보는 신은서를 향해 힘겹게 입을 열었다.

"은서 씨, 햇살이 너무 예쁘네."

"응. 일기예보에 오늘 날씨가 좋다고 했어. 이제 날이 많이 따뜻해진 것 같아."

초췌하게 변한 신은서가 미소를 지으며 대답했다.

그녀는 최근 들어 잠도 제대로 자지 못한 채 강도영의 곁을 지키고 있었다.

"나… 밖에 나가서 저 햇살을 보고 싶은데, 오랜만에 푸른 하늘도 보고 싶어. 나 좀 부축해 줄래?"

"그건… 도영 씨, 그냥 여기서 봐. 지금 도영 씨 몸으로 밖에 나가는 건 무리야."

"괜찮아. 조금만 도와주면 나갈 수 있을 것 같아. 부탁해."

간절한 눈빛에 신은서의 눈이 떨렸다.

하지만 그녀의 갈등은 오래 가지 않았다.

얼마 만인가. 무엇을 하고 싶다며 부탁한 것은 자리에 누운 후 처음이었기에 처음에는 망설였으나 그녀는 따뜻한 옷을 꺼내 입혀주고 강도영을 부축했다.

그녀가 강도영을 부축하고 나오자 서현탁과 강성두가 거실에서 두런거리며 이야기를 나누다가 급히 다가왔다.

"무슨 일이니?"

"도영 씨가, 하늘을 보고 싶어 해요."

"은서야……."

막고 싶었을지 모른다. 그러나 강성두는 아들과 신은서의 간절한 눈빛을 마주하자 더 이상 말을 하지 못했다.

서현탁이 다가와 강도영을 부축했고 신은서와 강성두, 정영숙이 그 뒤를 따라나섰다.

밖으로 나서자 오후 3시의 따스한 햇살이 강도영의 온몸을 적셔왔다.

맨션 앞 정원에는 평일 이른 오후였기 때문인지 아무도 없었다.

부축을 받고 힘들게 정원 벤치에 앉은 강도영이 하늘을 바라보며 해맑은 웃음을 지었다.

그 옆으로 신은서가 앉았고 나머지 사람들은 두 사람을 위해 조금 떨어진 곳으로 멀어졌다.

"은서 씨, 하늘이 너무 예쁘네. 저 구름은 꼭 은서 씨 닮은 것 같아."

"그 옆에 있는 건 도영 씨 맞지? 멋있고 잘생긴 걸 보니 도영 씨가 분명해."

"미안해, 은서 씨. 저렇게 오랫동안 가까이 있고 싶었는데 그러질 못해서 정말 미안해."

"그런 소리 하지 마."

"처음 봤을 때 은서 씨는 너무 예뻐서 눈이 부셨어. 그래서 먼저 말을 붙이지 못한 거야."

"알아, 나도 그랬는걸. 도영 씨가 너무 멋있어서 눈을 마주칠 수가 없었어. 하지만 용기를 내었지. 저 바보 같은 사람은 내가 먼저 접근하지 않으면 영원히 말을 걸지 않을 것 같았거든."

"똑똑하네. 어쩌면 그랬을지도 모르겠다."

"도영 씨, 절대 나한테 미안해하지 마. 우리 사랑은 내가 먼저 시작했고 도영 씨로 인해 누구보다 아름다운 시간들을 보낼 수 있었으니까. 절대 나 때문에 마음 아파하지 않았으면 좋겠어."

"여전히 은서 씨는 바보야. 나를 원망해도 고스란히 받아주었을 텐데 끝까지 아니라고 우기는구나."

강도영이 천천히 눈을 감았다.

가장 후회되는 건 그녀를 사랑했고 그녀를 남겨둔 채 떠난다는 것이었다.

그리고 부모님과 서현탁.

먼저 떠나는 것은 부모의 가슴에 대못을 박는 최고의 불효라고 했는데 자신이 그런 짓을 하고 있었다.

눈을 뜨고 서현탁을 바라보았다.

놈은 바보처럼 오로지 자신을 바라보며 불안한 눈빛을 보내고 있었다.

정신이 아득하게 멀어지며 고개가 떨어졌다.

신은서가 비명을 지르는 소리와 부모님, 서현탁이 급하게 달려오며 외치는 소리가 들렸으나 더 이상 눈을 뜰 수 없었다.

*　　　　　*　　　　　*

강도영이 세상을 떴다는 소식이 전해지자 전국이 슬픔 속으로 빠져들었다.

결국 마지막 이별 인사를 나누지 못했던 김홍순 박사가 최종 사망 선고를 내리고 언론에 발표하자 국내 언론은 물론이고 해외 언론까지 호외로 그의 죽음을 알렸다.

추모의 물결.

장례식장을 찾은 인파는 끝이 없었는데 100m씩 줄이 늘어섰기 때문에 조문을 하기 위해서는 한 시간을 기다려야 했다.

그토록 오랜 기다림 끝에 영정 속의 강도영을 만난 사람들은 눈물을 감추지 못한 채 오랫동안 그를 그리워했다.

연예계의 수많은 스타가 총망라되어 찾았고 정부 관계자들과 국회의원, 그동안 강도영의 기부로 혜택을 받았던 소년 소녀 가장들까지 왔기 때문에 장례식장은 온통 화제로 뒤덮였다.

그러나 무엇보다 언론과 사람들을 놀라게 만든 건 마지막 날 대통령이 예고도 없이 장례식장을 찾았다는 것이었다.

대통령은 함부로 움직이지 않는 지위를 가진 사람이었다.

국가를 통솔하고 정해진 스케줄에 따라 국가의 중요 사안이 발생했을 때만 움직이기 때문에 지금까지 연예인의 장례식에 대통령이 온 적은 한 번도 없었다.

영정을 지키던 서현탁과 신은서의 얼굴은 얼마나 울었는지 퉁퉁 부어 있었는데 대통령이 들어서는 것을 뒤늦게 확인하고 부랴부랴 눈물을 닦아냈다.

비서실장을 대동하고 들어선 대통령은 향을 꺼내 피운 후 영정을 향해 두 번 절하고 천천히 뒤로 물러나 허리를 곧게 펴고 강도영을 향해 마주 섰다.

그러고는 무거운 목소리로 그를 향해 입을 열었다.

"강도영 씨, 보고 계시죠. 당신으로 인해 대한민국이 변하고 있다는 걸 말입니다. 대통령인 저도 하지 못한 일을 당신은 젊은 나이에 하고 떠나셨군요. 고맙습니다, 정말 고맙습니다. 제 임기가 얼마 남지 않았지만 저를 비롯해서 후임으로 당선된 대통령들도 강도영 씨의 위대한 희생을 결코 잊지 않을 것입니다. 부디 하늘나라에서나마 변화된 조국이 얼마나 아름답게 바뀌어 나가는지 지켜봐 주십시오. 다시 한 번 진정으로 감사를 드립니다."

*   *   *

별들의 향연.

청룡영화제가 열리는 세종문화회관은 수많은 스타가 등장하면서 구름 같은 인파와 기자들로 인해 교통이 마비될 정도였다.

영화제의 특성상 초청 가수를 제외하고는 가수들의 얼굴을 보기 어려웠는데 오늘만큼은 가수들이 대거 등장했고 탤런트와 심지어 개그맨, 예능인들까지 참석했기 때문에 일반인들은 제한된 숫자만 입장이 허락되었다.

스타들이 현관 앞 계단에 도착할 때마다 플래시 불빛과 팬들의 환호성이 터져 나왔다.

수많은 별이 참석했기에 입장 행사는 그 어느 때보다 간략하게 진행되었으나 워낙 많은 스타가 줄지어 들어섰기 때문에 계단에 몰려든 사람들의 환호성은 멈출 줄을 몰랐다.

그러나 그 모든 환호성의 절정은 신은서와 서현탁이 손을 잡고 검은색 밴에서 내렸을 때 이루어졌다.

거의 일 년 가깝게 활동을 멈추었던 두 사람이었으나 사람들은 그 어떤 스타들보다 그들을 반겨주었다.

오늘 행사의 메인 MC는 국내 톱이라 불리는 장혁이었다.

그의 진행 솜씨는 거의 마법이라 불릴 정도로 평가될 만큼 대단한 언변과 센스를 지녀 모든 방송사가 섭외 1순위로 꼽는 사람이었다.

장혁의 오프닝 멘트로 시작된 청룡영화제는 초청 가수들의 노래를 시작으로 포문을 연 후 차례대로 수상자의 이름이 불리어졌다.

오늘만큼은 다른 해와 달리 치열한 경쟁이 벌어졌다.

작년 한 해 동안 천만을 넘는 영화가 두 편이나 있었고 그 어느 때보다 작품성이 뛰어난 영화들이 풍년을 이루었기 때문이다.

보통 영화제는 흥행성을 최우선 평가 요소로 꼽았으나 청룡영화제만큼은 그 전통을 지키기 위해 작품성에 커다란 비중을 두는 경향이 있었다.

그것을 증명이라도 하듯 많은 부분에서 예상과 다른 결과가 나왔는데 하이라이트는 여우 주연상 부문이었다.

천만 영화 '그날의 기억'의 여주인공 문소라를 제치고 불과 350만의 관객을 동원한 '증오'의 여주인공 정인혜가 여우 주연상을 차지했던 것이다.

사람들은 놀람 속에서도 정인혜의 수상을 진심으로 축하해 주었다.

'증오'에서 보여주었던 그녀의 연기는 진심으로 감탄이 나올 만큼 리얼했고 감동적이었기 때문이다.

이윽고 마지막 순서인 남우 주연상 발표 순서가 다가오자 흥분으로 떠들썩했던 장내가 순식간에 정적 속으로 빠져들었다.

그러고는 장혁의 소개에 따라 수상 후보자들이 발표되면서 숙연한 분위기로 이어졌다.

마지막 수상 후보자로 화면에 뜬 강도영의 얼굴이 나타나
자 사람들은 자신의 가슴을 틀어쥐며 긴 한숨을 내쉬고 있
었다.

두두두두두…….

배경음악으로 깔린 긴장된 드럼 소리마저 그들의 감정을
흩뜨려 놓지 못했다.

장혁이 목소리를 높이며 극적인 상황을 연출하려 했지만
사람들은 그저 조용히 앉아 결과를 기다릴 뿐이었다.

"지금부터 제41회 청룡영화제의 남우 주연상을 발표하겠습
니다. 이분의 이름을 발표하게 된 것이 저에게는 더없이 커다
란 영광임을 미리 말씀드립니다. 제41회 청룡영화제 남우 주
연상, 강. 도. 영!"

떨리는 음성으로 장혁이 결과를 발표하자 모든 사람이 자
리에서 일어나 뜨거운 박수를 쳤다.

이미 어느 정도 예상을 하고 있었으나 사람들은 강도영의
이름이 불리자 새로운 감동으로 인해 자리를 박차고 일어섰
다.

"강도영 씨는 히어로, 광개토대제에 이어 청룡으로 1,400만
의 관객을 동원했으며 온몸을 불사르는 연기로 대중들의 사
랑을 한 몸에 받았습니다. 이미 고인이 되었기에 이번 수상
은 그를 대신해서 신은서 씨가 받도록 하겠습니다. 신은서

씨 나와주십시오."

그가 호명하자 신은서가 객석에서 빠져나와 무대로 향했다.

검은색 투피스가 얼굴을 더욱 창백하게 보이도록 만들었는데 무대로 다가서는 그녀에게서는 어떠한 웃음도 찾아볼 수 없었다.

그녀가 트로피와 꽃다발을 받는 동안 무대를 향해 사람들이 쏟아져 나오기 시작했다.

무대에 선 신은서를 향한 것이 아니었다.

그들은 전부 손에 꽃다발을 들고 나왔는데 무대의 한편에 차곡차곡 쌓아놓은 채 자기 자리로 돌아가고 있었다.

시상이 끝나자 장혁이 신은서를 향해 말을 붙였다.

"신은서 씨, 하늘에 계신 강도영 씨를 대신해서 한 말씀 해주시기 바랍니다."

장혁은 같은 이야기를 두 번이나 해야 했다.

신은서가 마치 조문 행렬이 이어지는 것처럼 침묵 속에서 꽃다발을 무대에 내려놓고 사라지는 사람들을 멍하니 지켜보고 있었기 때문이다.

뒤늦게 그의 말을 들은 신은서가 시선을 돌려 천천히 마이크 앞으로 다가갔다.

그러고는 잠시 눈을 감았다가 입을 열었다.

"도영 씨, 보고 계시죠. 도영 씨가 남우 주연상의 주인공이 되었어요. 사람들은 도영 씨를 위해 축하의 꽃다발을 전해주며 끝없이 박수를 쳐주고 있네요. 모든 분이 당신을 사랑하고 있나 봐요. 이 자리에 당신이 있었으면 저분들께 활짝 웃어주었겠죠? 보고 싶어요, 너무 보고 싶어서 죽고 싶을 정도로 보고 싶어요. 하지만 참고 견뎌낼게요. 당신이 간절하게 원했던 것처럼 씩씩하게 살면서 남은 삶을 열심히 살아갈게요. 아마 여기 계신 모든 분도 제 마음과 비슷할 거라고 생각해요. 그러니… 도영 씨, 스크린의 별이 되어 지켜봐 주세요. 우리가 아름답게 살아가는 모습을 말이에요."

『스크린의 별』 완결

아우스

마도 시대의 시작

FUSION FANTASTIC STORY

강준현 장편소설

여덟 번의 죽음을 겪었고, 아홉 번의 삶을 살았다.
그리고 열 번째,
난 노예 소년 아우스로 환생했다.

푸줏간집 아들, 고아, 불량배, 서커스단원, 남작의 시동 등…
아홉 번의 삶을 산 나는 참으로 운이 없었다.

나는 더 이상 과거의 내가 아니다!
내가 꿈꾸던 새로운 삶을 살 것이다!

Book Publishing CHUNGEORAM

FUSION FANTASTIC STORY

요람 장편소설

천 번의 환생 끝에

환생자(幻生自).
999번의 환생 후, 천 번째 환생.
그에게 생마다 찾아오는 시대의 명령!

「아이처럼 살아라」
「아이답지 않게, 살아라」

이번 생의 시대의 명령은 한 번으로
끝날 것 같진 않은데?

"최악의 명령이군."

종잡을 수 없는 시대의 명령 속에
세상이 그를 주목하기 시작한다!

Book Publishing CHUNGEORAM

유행이 아닌 자유추구 -
www.chungeoram.com

FUSION FANTASTIC STORY

설경구 장편소설

저니맨
김태식

한 팀에서 오래 머물지 못하고
이 팀, 저 팀을 옮겨 다니는
저니맨(Journey man)의 대명사, 김태식!
등 떠밀리듯 팀을 옮기기도 수차례.

"이게… 나라고?"

기적과 함께 그의 인생에 찾아온 두 번째 기회!

"이제부터 내가 뛸 팀은 내 의지로 선택한다!"

더 이상의 후회는 없다!
야구 역사를 바꿔놓을
그의 새로운 야구 인생이 펼쳐진다!

Book Publishing CHUNGEORAM

유행이 아닌 자유추구 -
WWW.chungeoram.com

FUSION FANTASTIC STORY 류승현 장편소설

리턴 마스터

2041년, 인류는 귀환자에 의해 멸망했다.

최후의 인류 저항군인 문주한.
그는 인류를 구하고 모든 것을 다시 되돌리기 위하여
회귀의 반지를 이용해 20년 전으로 돌아갔다. 하지만……

"어째서 다른 인간의 몸으로 돌아온 거지?"

그가 회귀한 곳은 20년 전의 자신도, 지구도 아니었다!

다른 이의 몸으로 판타지 차원에 떨어져 버린 문주한. 그는 과연 인류를 구원할 수 있을 것인가!

Book Publishing CHUNGEORAM

유별이 아닌 자유추구─
WWW.chungeoram.com

FUSION FANTASTIC STORY

RPM 3000

가프 장편소설

RPM(Revolution Per Minute: 분당 회전수)**!**
150km/h 160km/h?
이제는 구속이 아니라 회전이다!!

여기 엄청난 빅 유닛과 환신(換身)에 성공한 사내가 있다.
그 이름, 황운비!

훈련은 *Slow and Steady,*
시합은 *Fast and Strong!*

**꿈의 RPM 3000을 찍는 패스트 볼을 장착하고
메이저리그를 종횡무진 누빈다!**

Book Publishing CHUNGEORAM

유행이 아닌 자유추구 -
WWW.chungeoram.com

이계진입
리로디드

임경배 퓨전 판타지 소설

FUSION FANTASTIC STORY

Book Publishing CHUNGEORAM

초대형 24시 만화방

신간 100%, 샤워실, 흡연실, 수면실(침대석), 커플석, 세탁기 완비

▪ 광명 광명사거리역점 ▪

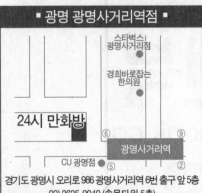

경기도 광명시 오리로 986 광명사거리역 6번 출구 앞 5층
02) 2625-9940 (솔목타워 5층)

▪ 강북 노원역점 ▪

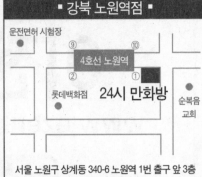

서울 노원구 상계동 340-6 노원역 1번 출구 앞 3층
02) 951-8324 (화용빌딩 3층)

▪ 일산 정발산역점 ▪

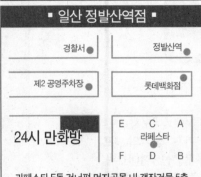

라페스타 E동 건너편 먹자골목 내 객잔건물 5층
031) 914-1957

▪ 일산 화정역점 ▪

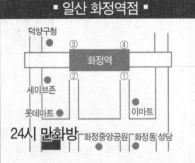

경기도 고양시 덕양구 화정동 984번지 서일빌딩 7층
031) 979-4874 (서일사우나 건물 7층)

▪ 부천 역곡역점 ▪

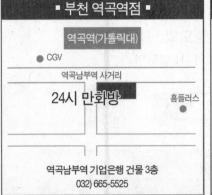

역곡남부역 기업은행 건물 3층
032) 665-5525

▪ 부평역점 ▪

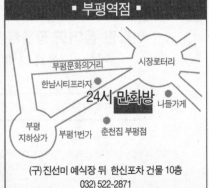

(구)진선미 예식장 뒤 한신포차 건물 10층
032) 522-2871